· 衛斯理小說典藏版 68 ·

叢林之神

衛斯理
親自演繹衛斯理
《叢林之神》

新之又新的序言，最新的

衛斯理小說從第一次出版至今，歷時已近半世紀，總共出了多少正版，還能計得清，若是連盜版一起算，那就算找外星人來算，也算勿清楚哉！不知能不能也算世界紀錄。

算得清好，算勿清也好，能幾十年來不斷出新版，說明不斷有讀者加入，對作者來說，沒有更值得高興的事了，謝謝所有喜歡衛斯理的人，謝謝謝謝。

二〇二〇年六月四日 香港

幾句話

寫了四十多年小說，論者將拙作分為三個時期：早、中、晚。在明窗出版的一批，屬於早期和中期的上半。三個時期的創作風格有相當程度的不同，所以風評不一。本人並無偏愛，但讀友對早期的作品，頗有好評，大抵是由於在早、中期作品之中，主要人物精力充沛，活力無窮，所以使故事曲折多變，小說也就格外吸引。明窗出版社此次重新出版這批作品，正好讓大家來證明這一點。

四十餘年來，新舊讀友不絕，若因此而能有新讀友，不亦快哉！

二〇〇五年十一月六日

序言

《叢林之神》這個故事，是百分之百的悲劇，它寫了個能「預知未來」的人。

一般都以為，人具有預知未來的能力，一定是非同小可，快樂無比的了，但實際情形如何，卻也難說得出，一樣可以作為悲劇來處理，這故事中有關具有預知未來的人的心態，所作的描述，一直在引用着：就像看一張連分類廣告都看完了的舊報紙一樣，日子的苦悶，會使人想到不如死亡！

真是悲劇中的悲劇，但是偏有那麼多人在嚮往這種能力。

本集中還包括了《風水》。那是一個短故事，可以說是「遊戲之作」，變換一下胃口，玩點花樣，也寫了當時十分瘋狂的一個現象，十分寫實，並不幻想。

「風水」說近來大行其道——凡是亂世，風水命相等等，就特別容易打動人心，不足為奇。看完了這個故事之後，「風水」究竟是怎麼一回事呢？沒有答案，並非故弄玄虛，而是實在，不可能有任何人給以任何確切的答案的！

風水，就是風水！

衛斯理（倪匡）

一九八六年八月卅日

目錄

叢林之神

目錄

叢林之神

第一部

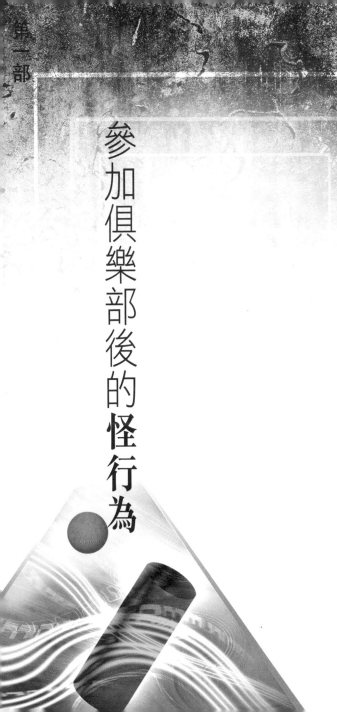

參加俱樂部後的怪行為

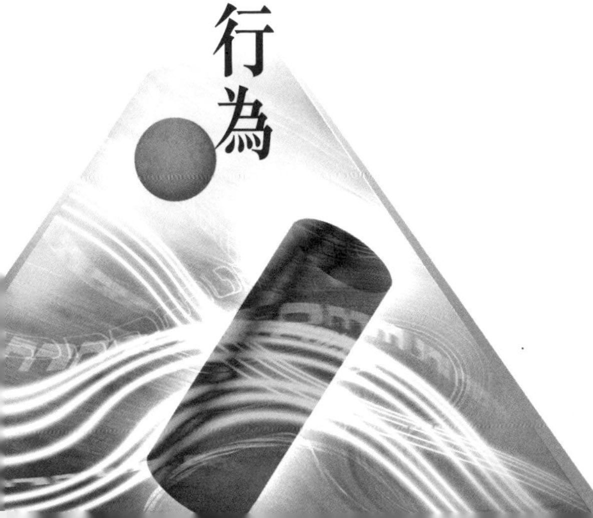

閣下或許社交活動十分頻繁，交遊廣闊，見多識廣，但是我可以保證閣下一定未曾聽過一個俱樂部，叫作「叢林之神崇拜者俱樂部」。

五花八門的俱樂部十分之多，是大城市的特色，有的俱樂部，名稱實堪發噱，例如「怕老婆俱樂部」、「見過鬼俱樂部」、「七副象牙俱樂部」等等。比較起來，「叢林之神崇拜者俱樂部」這個名稱，還是十分正常的，可以顧名思義。

如果要顧名思義的話，那麼，自然可想而知，「叢林之神崇拜者俱樂部」是由一些崇拜「叢林之神」的人所組成的。

這個俱樂部組成的目的，自然也在於對這個「叢林之神」進行崇拜。不論什麼事情，一和「神」有了關係，神的味道多了，就總不免有點神神秘秘的氣氛，這個俱樂部，也是一樣，我知道有那樣的一個俱樂部，就是在一種很特異的氣氛下發生的事。

那天晚上，天氣非常冷，是一個罕見的陰冷的天氣，參加了一個宴會，從有暖氣設備的建築物中走了出來，在門口一站，一陣寒風吹來，就有被浸在冰水中的感覺，我連忙豎起了大衣領子，匆匆向我的車子走去。

我走了不多幾步，便聽到身後有腳步聲傳來，那腳步聲分明是在跟着我！

我吸進了一口寒風，突然轉過身來，我是在根本未曾停止的情形下轉過身來的，是以跟在我後面的那個人，一個冷不防，幾乎直撞進了我的懷中。

我證實他是在跟蹤我，那自然也不必對他客氣，我立時伸手，抓住了他的大衣前襟。

當我抓住了他的大衣前襟之際，我不禁略略一呆，我抓到的，是觸手十分柔軟的絨料，那種絨料，是鴕鳥毛織成的，十分名貴，那樣質地的一件大衣，至少要值一萬美元以上。

那也就是說，我抓住的那人，就算是一個歹徒，他也一定不是普通的歹徒。

我一抓住了他的衣襟，也立時瞪大了眼。

那人掙扎了一下，叫：「請放手，我是沒有惡意的，衛先生！」

我也看清了那人，他是一個中年人，戴着金絲邊眼鏡，樣子很斯文。

但是我卻也不放手，因為電影中的歹徒雖然全是滿面橫肉、一望便知的傢伙，但實際生活中的歹徒，可能就是那樣的斯文人。

我冷笑一聲：「你為什麼跟着我？」

他道：「我……我知道你是誰，只不過想和你談一下，真的，我絕沒有惡意，你看，這是我的名片！」

他伸手入懷，我連一翻手，抓住了他的手腕，道：「我來替你拿！」我的手伸進了他的大衣袋中，摸出了一隻法國鱷魚皮的銀包來，同時我也肯定了他的懷中並沒有槍械，是以我也放開了他。

他的手有點發抖，或許是因為冷，或許是因為心情緊張。當他將名片送到我的面前之際，我看到了名片，又是一呆。

那名片上印着他的銜頭：恒利機構（東南亞）總裁，他的名字是霍惠盛。

恒利機構是一個實力非常雄厚的財團，屬下有許許多多產業，那是人人皆知的，而這位霍先生，也正是商界上十分聞名的人物。

我這時，也認出他正是那位大名鼎鼎的實業家，我抱歉地一笑：「對不起。」

霍惠盛苦笑着：「那是我不好，我應該在你一出門時，就叫你的。」

我道：「你也在那個宴會中？」

他道：「是的，人家告訴我，你就是衛斯理，和很多很多稀奇古怪的經歷有關。」

我攤了攤手：「或者你可以那樣說，莫非你也有什麼稀奇古怪的事？請到我的車上，我們慢慢地傾談，你的意思怎樣？」

「好！好！」霍惠盛沒口答應着。

我走向前去，打開了車門，我們兩人一齊坐了下來，進了車中，便沒有那麼冷了，我翻下了大衣的領子：「請你開始說！」

霍惠盛道：「事情和我的兒子有關，我只有一個獨子，你知道——」

「我知道，令郎是一個十分出色的醫生。」我立時接了上去，「你那麼富有，令郎卻和一般花花公子不同，年紀雖然不大，但已大有成就了。」

霍惠盛道：「多謝你的稱讚，但是……但是近來卻着實為他擔心。」

「發生了什麼事？」

「他……他參加了一個俱樂部。」

我聽了，不禁笑了起來：「你未免太緊張了，就算他參加了俱樂部，吃喝玩樂，那也不是什麼大不了的事，怕什麼？」

「不，不，你弄錯了，我不是怕他揮霍，老實說，我的財產。別說是有一個兒子，就是十個兒子來揮霍，也是用不完的。」

我呆了片刻，才道：「那麼問題在什麼地方？」

「那個俱樂部，衛先生，不知道你聽人家講過沒有，叫作『叢林之神崇拜者俱樂部』。」

我重複了一句：「叢林之神崇拜者俱樂部？」

「是的，名稱很古怪。」

正如霍惠盛所言，我經歷過許多許多稀奇古怪的事情，也知道很多很多莫名其妙的古怪會社和俱樂部，但是我卻未曾聽到過有一個俱樂部是稱作「叢林之神崇拜者俱樂部」的。所以，我蹙起了雙眉：「很抱歉，我未曾聽過這樣一個俱樂部，那俱樂部是幹什麼的？他們崇拜一個神，叫叢林之神？」

「我也不清楚，」霍惠盛回答我：「我只不過是在一個偶然的機會之中，自我兒子的口中，得知他參加了一個那樣的俱樂部，當我問及他的時候，他卻説這俱樂部的成員，人人都要對俱樂部中的一切，絕對的保守秘密，親如父子夫妻，也絕不能泄露，是以他不能告訴我，也請我以後別再問他！」

霍惠盛講到這裏，略頓了一頓，嘆了一聲：「我們父子兩人的感情十分好，從來是無所不談的，但這次，他居然對我有了秘密。」

我笑了一下：「霍先生，令郎已經是一個成年人了，他有一點屬於他自己的秘密，也不是什麼過分的事情，對不？」

我雖然那樣勸着霍惠盛，但是我心中也不免有一點神秘之想。世上的確有那樣的俱樂部的，有的俱樂部甚至規定會員在不論何種情形下，都不能退出，有一篇很著名的恐怖小説，就説一個俱樂部，會員即使在死了之後，他的鬼魂也一定要出席俱樂部的周年大會的！

霍惠盛道：「但是，我發覺他有一些十分古怪的行動，所以使我擔心。」

「什麼古怪的行動？」

「第一，他將大半天時間，花在俱樂部中，而不從事他應該從事的醫療工作。他的病人愈來愈少，他的聲譽在下降，而且，最近有兩次，十分普通的病症，他也作出了錯誤的判斷。他變得十分神經質，很容易受震動，又常常喝酒。他因為過度的神經質，甚至使他不能對病者施手術，那全是近大半年來的事。」

霍惠盛愈說，聲音愈是低沉。

我用心聽着，然後回答他：「照你所說的情形看來，似乎有一件十分嚴重的事在困擾着他。」

「你說得對，但那是什麼事？」

「現在我自然不知道，你且說說，第二件反常的事，又是什麼？」

「他需要用大量的款項。」霍惠盛回答着：「他自己名下的存款十分多，那是我在他小的時候，就替他存進去，他自十五歲起，就可以自由支用，但是最近，他不但用完了自己的錢，而且，還繼續向我要了三次錢，那三次所要的數字，加起來超過了兩千萬美元。」

我望着霍惠盛，他忙道：「我自然拿得出來，再多我也拿得出，但是我要知道他拿錢去做什麼了，我看不到他將錢用在什麼地方！」

「你為什麼不問他？」

「我自然問過他，他的回答便是和他加入的『叢林之神崇拜者俱樂部』有關，接下來便說，那是他的秘密，叫我不要再問。」

我將手放在汽車的駕駛盤上，沉思着。

照霍惠盛叙述的情形來看，他兒子一定有着十分重的心事，他可能是在什麼地方做錯了事，被人抓住了把柄，是以在受着勒索。是以他一方面需要巨款，一方面還心神不安，時時恐怕秘密會揭露出去。他是一個醫生，是不是他和女病人之間有了什麼糾葛呢？

當然，那只不過是我的猜想，所以，我並未曾將我的想法說出來。

而霍惠盛又已道：「我請過了好幾位私家偵探，去調查那個俱樂部究竟是怎麼一回事，但是都無功而返，其中甚至包括最著名的郭大偵探在內。」

聽到「郭大偵探」四字，我不禁笑了起來。別人口中的「郭大偵探」就是我口中的「小郭」，以前是我進出口公司中的職員。

「他們怎麼說？」

「他們根本找不到那俱樂部在何處！」

「那不可能，」我大聲叫了出來：「任何一個飯桶偵探，都可以跟蹤令郎，而獲知那個俱樂部的所在的，怎會不知道俱樂部的地址？」

霍惠盛苦笑着：「那是事實，我也不知道那些偵探是幹什麼的。」

我點了點頭：「霍先生，你的意思是——」

霍惠盛很誠懇地道：「衛先生，我聽得很多人提起過你，郭大偵探也說起過你，你對一些古怪的事，都可以探索出一定的結果來，所以我想請你……」

我不等他講完，便道：「霍先生，你弄錯了，我不是私家偵探。」

霍惠盛忙道：「自然，我知道，我也絕不是……僱你，我是想請你幫幫我忙，我只有一個兒子，我想要知道他究竟遭到了什麼困難。」

我本來想拒絕霍惠盛的要求的，但是他剛才所說，有關他兒子的一切，卻又的確十分古怪，至少我可以到小郭那裏，暫時了解一下這件事。

是以我在考慮了一下之後，道：「我不能確切答應你，但是我可以替你去調查一下這件事，如果有了眉目，我如何與你聯絡？」

霍惠盛忙道：「衛先生肯答應幫忙，那實在太好了，我想一定會有結果的，每天辦公時間，我一定是在辦公室之中的。」

我點頭道：「好，我會來找你。」

我打開了車門，讓霍惠盛下車，霍惠盛向前走出了十來步，一輛大房車已緩緩駛到了他的眼前，穿制服的司機下車，將車門打開，恭而敬之地讓霍惠盛上了車，駛走了。

我又想了片刻，才駕着車回家去。

我是在想，一個人有了錢，並不一定沒有煩惱，窮人的煩惱，全是因沒有錢而起的，於是以為有了錢，一定可以沒有煩惱了。但是事實上，有錢人的煩惱，一樣是說不完，解決不了的！

我回到家中之後，並沒有多花精神去想那件事，因為根據霍惠盛所說的那些資料，我根本無從想起，我只好假定他被人勒索，那也沒有什麼好多想的。

第二天，我睡到中午時分才起來，一點鐘，我已到了小郭的事務所中。

小郭一看到了我，便大表歡迎，拋開了他的幾個顧客不理，將我迎了進去。

我吸着他遞給我的上價古巴雪茄：「向你來打聽一件事情。」

小郭連連點頭。

我道：「大財主霍惠盛，曾委託過你，跟蹤過他的兒子，是不是？」

小郭一聽，便皺起了雙眉：「是。」

我又道：「而你的跟蹤，竟沒有結果？」

小郭的雙眉，蹙得更緊，又道：「是。」

我嘆了一聲：「小郭，這是怎麼一回事，跟蹤一個人，要找一個俱樂部的所在地，卻會無功而回，你不如改個名字叫做飯桶算了！」

小郭忍受着我的譏嘲，只是紅了紅臉：「我很難解釋，我相信失敗的不止我一個人。」

「怎麼一回事？」

「他，霍景偉，像是有天眼通一樣。」

「天眼通？」我感到疑惑。

「是的，不論我如何化裝，如何進行隱蔽的跟蹤，但是他都能向着你直走過來，指斥你跟蹤他，使你的跟蹤，難以繼續。」

我不信小郭所說的話，我臉上自然也現出不相信的神色來。小郭苦笑着：「你不信，可以去試一試，他真是一個怪人。」

我的興趣更濃了，我雙眉一揚：「是麼？」

小郭笑了一笑：「我不敢說你一定不成功，但是他一定可以認出你，而且知道你是幹什麼的，令得你的跟蹤不能繼續。」

我點頭道：「好，我倒要試一試，你有他的資料麼？給我參考參考！」

小郭道：「好，請到資料室來。」

小郭的偵探事務所，規模已非常大，有一個十分完善的資料室，全部是電腦管理的。我跟着他來到資料室中，他在控制台前坐了下來，迅速地按下了幾個鈕掣，燈光黑了下來，一幅牆上立時懸下銀幕，也出現了一張照片，和真人同樣大小。

那是一個約莫三十歲左右的人，很瘦削，雙目深陷，目光有神，衣飾合身，看來和霍惠盛有幾分相似，他就是霍惠盛的獨子霍景偉了。

小郭繼續按着鈕，全是霍景偉的照片，有正面的，有側面的，也有遠攝鏡頭拍下的特寫。

看了十幅那樣的照片之後，我已經毫無疑問，可以在一千個人之中，一眼便認出他來了。

小郭繼續放出別的照片，那是霍景偉離家時拍的，那又是霍景偉在車中拍的，這又是霍景偉在他的醫務所中，還有便是他在家中的時候。

看來，霍景偉一定是一個十分之孤獨的人，因為在所有的照片中，只看到他一個人，而從來不見到他和別人在一起。

我看了足足半小時，才道：「請你告訴我，他的生活習慣如何？」

「他和他父親住在一起，那是一幢三層洋房，他是住在三樓的，那個房間……」小郭講到這裏，銀幕上已映出一幢洋房來，照片只有一個箭嘴，指着一個很寬大的露台，露台上擺着很多熱帶植物。

我「唔」地一聲：「有近鏡麼？」

「有，我們買通了女傭，請她將窗簾拉起來，我們用遠攝鏡頭拍下了那些照片。」

銀幕上的照片換了，那是一間很大的書房，令我吃了一驚的是，在書房的正中央，是一隻作勢欲撲的美洲黑豹，皮毛閃閃生光！

我忙指着照片中的那隻黑豹問道：「那是什麼玩意兒？是活的？」

「不，那是一隻美洲黑豹的標本，他在半年之前，曾遊歷南美洲，那是他在南美洲獵獲的東西，據女傭說，他十分喜歡那黑豹。」

我皺起了眉，那種黑豹，在南美某些地方，是被目為魔神的化身的，也是一些黑暗的邪教所崇拜的神之一，出現在霍景偉的書房中，多少有點神秘的意味。

我又問道：「他曾遊歷過南美洲？那是他和那個什麼叢林之神崇拜者俱樂部發生關係之前，還是之後的事，你可知道？」

小郭呆了一呆：「不知道。」

我不客氣地批評他：「小郭，你的工作做得太大意了，這一點十分重要，你怎麼可以忽略？」

小郭的臉紅了起來，他足有半分鐘不出聲，然後才道：「是的，那是我的疏忽，但當時我受的委託，只是查出那俱樂部是怎麼一回事，以及弄清他在俱樂部中做些什麼而已。」

我不願使他太難堪，是以忙用話岔了開去：「再換幾張照片看看。」

小郭又按動掣鈕，銀幕上出現另一張相片，那是一間臥室，也很大，看不出有什麼異樣的地方來，只不過看出，牆上所掛的一些圖畫，有很多是一些圖騰，那可能也是他南美洲遊歷的結果。

小郭又給我看了其他的許多照片，全是和霍景偉有關的，我們在資料室中，大約過了半小時才離開，小郭送我到他事務所的門口，問：「你的計劃是……」

「我現在就去找他。」

「你現在找不到他，現在他就在那個俱樂部中，而沒有人知道那俱樂部是在什麼地方，你要跟蹤他，必須在明天早上，當他離開家到醫務所去的時候，或者是他離開醫務所，到俱樂部去的時候。」

我點了點頭：「好，那我可以到明天才開始跟蹤，今天剩下的時間，我想可以從各方面去了解一下那個俱樂部。」

第二部

驚人的預知能力

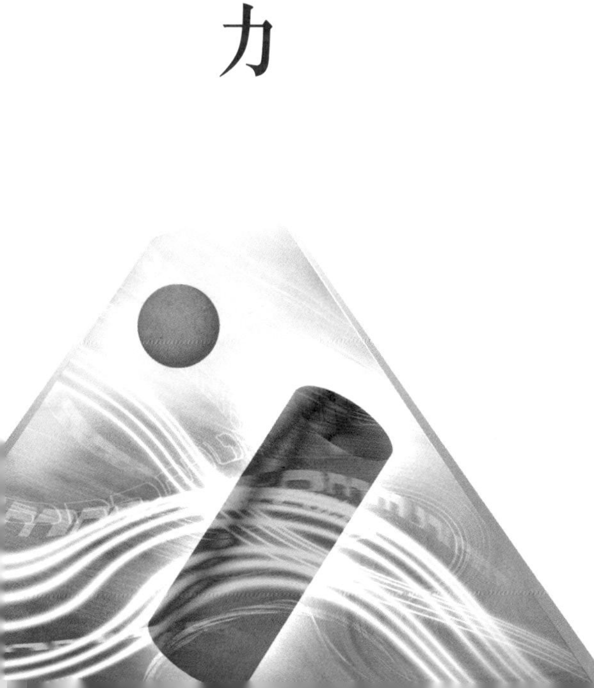

小郭笑着，道：「你不妨去努力一下。」

從小郭講這句話時的神氣看來，他像是料定了我不會有什麼結果一樣。當然，那時我還根本未曾開始行動，自然也不會和他爭什麼。

但是我在暗中卻已下定了決心，一定要將事情弄一個水落石出！

因為如果我弄不出什麼結果來的話，那麼，我就變得和小郭以及那些束手無策的私家偵探一樣了！

我和小郭揮着手，離開了他的事務所，整個下午，我都在家中，用電話和我所認識的朋友聯絡，當然，我聯絡的對象，全是見多識廣的人。我問他們的問題是：你聽說過一個俱樂部，叫做叢林之神崇拜者俱樂部嗎？而我得到的回答，也是千篇一律的：沒有！

一直到我的手因為撥電話而發酸了，我一面埋怨着何以電話機上的號碼，不採用按鈕的方法，而要採取轉盤的方法，一面放下了電話聽筒，伸了一個懶腰。

（一九八六年按：當寫這故事的時候，竟然沒有按鈕電話！真有點難以想像。現在，電話都有採用微電腦的了！）

整個下午，我可以說一點收穫也沒有，但是我至少知道了一點，那便是這個「叢林之神崇拜者俱樂部」的會員，一定十分之少，少得在我所認識的朋友之中，竟也沒有人知道它的存在！

第二天，我起了一個早，駕車來到了霍家的大花園洋房之前，找了一個適當的地點，停了下來，用望遠鏡向三樓觀察着。

我恰好看到霍景偉拉開窗簾，探頭向窗外，像是在深深地吸着氣。

我可以清楚地看到他那張瘦削的臉，和他那雙似乎充滿着異乎尋常的智慧的眼睛。

我這是第一次直接看到霍景偉，他給我的第一個印象便是：他是一個聰明人，一個個性十分強，但又是聰明絕頂的人。

在我的處世經驗中，我知道那樣的人是極難應付的。

然後，我又看到他在他的臥室中，走來走去，接着，我看到了一件十分奇怪的事。

我看到他向房門走去，由於角度的關係，我看不到他走過去做什麼，但是當他又在窗口出現的時候，他手中，拿着一疊報紙。

我的望遠鏡倍數十分高，我可以看到他手中拿報紙的大字頭號標題，那是今天的報紙。當然，他走向門口，是去取報紙的。但是接下來，奇怪的事便發生了，他拿了報紙在手，竟不是展開報紙來看，而是臉上帶着一個十分難測的神情。

霍景偉接連幾個快動作，將那幾份報紙，全都撕碎，拋進了紙簍！

我當時真呆了，實在不知道那是什麼意思。

因為看他的情形，分明是剛起身，他絕不可能已看過那些報紙，而今天的報紙我已看過的，着實有好幾段轟動的新聞。

可是霍景偉卻連看都不看，就撕碎了報紙，難道他是一個報紙的憎恨者？不喜歡從報上獲得消息。還是他根本就對所有的新聞，不感興趣。

這一切假設，都是不堪一駁的，他撕碎未曾看過的當天報紙，一定是有原因的，但是我卻無法知道，究竟是為了什麼！

我繼續觀察着他的行動，我看到他走進了浴室，十分鐘之後，又從浴室出來，穿過了臥室，來到了他的書房中，我看到他到了那頭黑豹的標本之旁，伸手在柔滑的豹皮之上，輕輕撫摸着。

然後，他的臉上，現出了一種極其沉鬱的神情來，像是長嘆了一聲。

從他那時臉上的這種神情看來，我倒可以肯定一點：他的心中一定有十分沉重的心事。

這大概就是我要找的答案了，他的心中，究竟是有什麼心事呢？

在接下來的十分鐘之內，我看他穿衣服，他的動作，懶洋洋的，像是他對一切都十分厭倦，但是卻又不得不去做一樣，帶着一種無可奈何的情緒。

又過了十分鐘，我看到他的車，駛出了大鐵門，我連忙也發動了引擎，準備開始我的第一站跟蹤。

我知道，這時他離家，是到他的醫務所中去的，本來這一段跟蹤，沒有什麼多大的意思，我可以直接到他的醫務所門口去等他的。

但是我卻想知道，他在離家到醫務所的那一段路程中，是不是會有什麼神秘人物和他接頭呢？

到現在為止，所有神秘的事情，似乎還只是和霍景偉一個人有關，如果能找出另一個和事情有關的人來，那麼，要了解整件事的真相，自然也容易得多了。

我也知道，從這裏到他的醫務所去，他一定要走那一條斜路下去，我的車子就停在斜路上，等他的車子駛下去之後，我可以毫不費力地跟上去。

他的那輛車子，並不是什麼特別名貴，在駛出了鐵門之後，也的確如我所料，是順着斜路，在向下駛去的。但是，就在我準備跟上去之際，另一件乍一看來是不可思議的事又發生了。

他的車子在順斜路駛下了之後，突然轉過頭，向斜路之上，直衝了過來！那條斜路並不是十分長，而他向上衝來的速度，卻又十分高，所以在轉眼之間，他的車子，已衝到了我車子的前面，兩輛車子的車頭，「砰」地撞了一下。

他打開車門，跳了下來，直趨我的車身，用一種十分鄙夷不屑的神色望着我。

在那樣的情形下，我實在是尷尬極了，我只好自己安慰着自己，他從來也沒有見過我，他也不知道我是在跟蹤他，我大可以不必心虛。

我連忙鎮定地道：「先生，你的駕駛術未免太差了，我的車在這裏，你看不到？」

霍景偉冷笑一聲：「那只不過是給你的一點教訓，畜牲！」

他竟然口出粗言，這不禁令得我大怒，我也打開車門，走出車來，卻不料我才走出車，胸前一緊，便被他劈胸抓住了我的衣襟。

我本來是可以輕而易舉地掙脫，而且令得他直滾下那條斜路去的，但是我卻並沒有那樣做，因為我想看看他這個人，神經究竟不正常到何等程度。

他抓住了我的衣襟，厲聲罵道：「狗！你看來是一個人，為什麼做狗才做的事？」

我保持着鎮定：「請你講清楚一些。」

霍景偉「哼」地一聲：「跟蹤只是獵狗的工作，那是獵狗的天性，現在你來跟蹤我，那算是什麼？你只是一頭狗！」

在剎那間，雖然他罵得我十分不留餘地，我是應該大怒的，但是我卻並沒有發怒，那是因為我心中的驚訝，超越了憤怒。他怎麼知道我是來跟蹤他的？

看來小郭的話沒有錯，他的確有本領使得任何跟蹤者難以跟蹤下去！

因為他給我的打擊，是突如其來，我根本不知道如何對付他才好，用「手足無措」四個字，來形容我此時的情形，實在再恰當也沒有了。

而霍景偉也根本不給我有定過神來的機會，他「呸」地一聲，現出十分不屑的神態，進了他自己的車子，駕着車走了。

一直到他的車子駛下了斜路，我才從極度的狼狽之下，定過神來。

我相信任何人在那樣的情形下，都一定要垂頭喪氣地回去，放棄跟蹤了。但是我卻不。你說那是我的優點也好，是我的缺點也罷，總之我要做的一件事，就算明知做不到，我也還是要做下去的。

我也駕車，駛下了斜路。

當然，霍景偉的車子已不見了，但是我也不着急，因為我知道霍景偉是到他的醫務所去的，而我也知道他醫務所的地址。

我駕着車，來到了他的醫務所，他的醫務所是在一幢大廈之中，我先將車子停在大廈底層的停車場中，在停車場，我找到了霍景偉的車子。

我再打一個電話到他的醫務所中，電話自然是護士接聽，我只問了一句：「霍醫生是不是到了？」在得到了肯定的答覆之後，我便放下了電話。

在小郭那裏，我是知道霍景偉離開醫務所的確切時間的，我至少可以有三小時的活動時間，但是為了小心起見，我卻坐在我的車中等着。

等到時間差不多了，我才離開了自己的車子，花了兩分鐘時間，弄開了霍景偉車子的行李箱，躺了進去。躺在行李箱中，自然不是一件十分愉快的事，但是為了要弄明白霍景偉的那個「叢林之神崇拜者俱樂部」究竟是在什麼地方，也只好委屈一下了。

當我躲到了汽車行李箱中之後，不過十分鐘，我就聽到有腳步聲，接近了汽車。霍景偉很準時，他離開醫務所了，自然是要到那俱樂部去。

我屏住了氣息，只聽得車門打開的聲音，車子向下沉了一沉，接着，便是車門關上的聲音，然後，車子引擎，也已發動，車子向前駛去。

我心中暗舒了一口氣，因為我的跟蹤，可以說是成功了，霍景偉非帶我到那俱樂部去不可了。

但是，車子才一發動，就又停了下來。

我的心中剛在想，事情只怕不妙了，眼前突然一亮，行李箱蓋打了開來，而當我抬頭向前看去時，我卻只有苦笑！

滿面怒容，站在我面前的，不是別人，正是我要跟蹤的霍景偉！

如果說早上在斜路上，我的尷尬、狼狽是十二萬分，那麼此際，當我看到了霍景偉的時候，我的狼狽，真是三十萬分也不止！

我沒有別的辦法可想了，我只有不等霍景偉開口，便突然從行李箱中，跳了出來，揮拳向他的下頦便擊了出去，那一拳的力道，着實不輕，我想一定可以將他擊昏過去，那麼我就可以奪路而逃了。

我本來是技擊的高手，別說在我面前的是一個人，就是有三二十條大漢，我不想求勝，只想奪路而逃的話，也是十分容易的事情。

但是今天可以說是我最倒霉的一天了，我那一拳狼狽地揮出，霍景偉的身形，就在我出拳的一剎間，向旁閃了開去。

我一拳擊不中他，便已吃了虧，我的腰際，也不知受了什麼東西的重重一擊，令得我仆跌在地，而我的後腦，立時再受了一下重擊。

那一下重擊，使我陷入了半昏迷的狀態之中，我聽得他罵了我一聲，也聽得他的車子駛走的聲音，我的身子在地上掙扎着，等到我站起身來時，他的車子，早已去得無影無蹤了。我摸了摸後腦，腫起了一大塊。我不禁埋怨起小郭來，我想他一定也受過同樣的遭遇，只不過他因為要面子，所以才不和我說。

小郭不和我說不打緊，卻是害苦了我！

我的手按在後腦上，來到了我自己的車子中，駕車回到了家中。

幸而白素到外地旅行去了，要不然，我這個做丈夫的，那樣狼狽回來，真不知如何向她解釋，才可以維持丈夫的尊嚴了。

我用熱毛巾敷着腦後受傷的地方，仔細想着我今天進行的一切，我覺得絕沒有什麼不對之處，但是，我卻失敗得如此狼狽！

我唉聲嘆氣，坐立不安，就在那時，電話鈴響了起來。我猜那一定是小郭打來的電話，而我實在難以對小郭說什麼，所以我不去接聽。

但是，電話鈴卻一直響着，響了四五分鐘之久，吵得我拿起電話來，粗聲粗氣，「喂」了一聲。

出乎意料之外，我聽到的，卻是霍景偉的聲音！

他先是冷笑了一聲，然後道：「衛先生，希望你能停止你今天的那種無聊舉動，要不然，你所遭受到的更不妙！」

我呆了片刻，才道：「多謝你的警告，但是我不是那種未曾被人恐嚇過的人。」

霍景偉道：「自然，我知道很多關於你的事，如果我提供一點消息，來交換我的自由，你同意麼？」

我道：「我不明白你的意思。」

「你愛你的妻子麼？」他忽然問。

我怒道：「你對她怎麼樣？」

霍景偉道：「你誤會我的意思了，你應該知道尊夫人現在在什麼地方，快設法通知她，叫她別乘搭那班飛機，一定要通知她！」

我只感到莫名其妙，喝道：「你在胡說些什麼？如果你想說什麼，請你痛痛快快地講出來！」

霍景偉倒居然答應了我的要求：「好的，我說得明白一些，但是你得仔細聽着。尊夫人將會在今天稍後的時間，乘搭一班飛機，這架飛機會失事，機上的人會罹難，你必須找到尊夫人，通知她，叫她切切不可搭乘那一班飛機！」

我不等他講完，便已哈哈大笑了起來。

我實在忍不住好笑，這傢伙，他以為他自己是什麼，是先知麼？還是那一切，全是他的「叢林之神」告訴他的？我一面笑，一面道：「多謝你，真要多謝你了！」

霍景偉的聲音，卻還是十分正經：「你別笑，我的忠告是誠意的。」

他叫我不要笑，但是我卻笑得更起勁，那實在是必然的事，我一面說，一面笑着。

我問霍景偉道：「霍先生，你是如何預知飛機失事的？是你在你那叢林之神面前，用扶乩的方法得知的麼？」

我的嘲弄，顯然令得霍景偉發怒了，他大喝道：「別管我，你不信就算了！」

我也大聲回答他：「我當然不信，而且我將繼續跟蹤你，一定要找出你那個巫教的巢穴來！」

我那樣説，是很有點迹近無賴的，我因為跟蹤不成，遭到失敗，是以我改用口頭上的威脅，來使得霍景偉精神受到困擾。

那自然不是君子所為，但是我失敗得如此狼狽，我卻也非要出一口氣不可。

霍景偉顯然被我激怒了，他罵了一聲，放下了電話。我的心情比較輕鬆了些，我走到了陽台上，拿起了報紙想看，可是只翻開了報紙，我卻又將之放了下來，走回了屋中。

我發現我自己，是在心神極之不寧的情形之下！

我其實很知道自己為什麼會心神不寧，但是我卻不願意承認這一點。我實在是因為霍景偉的那個電話，而心神不寧的！

但是，我心中在想，那不是很好笑麼，難道我竟相信了他的話？相信白素會搭上一架出事飛機，而在飛機失事中罹難？

不，那當然是不可能的，如果我竟然那樣想，那實在太可笑了！

我搖着頭，決定找一些什麼事來消遣，還是想想明天如何再開始跟蹤的好，明天我可以化裝成一個……但是，我卻無法想下去，因為我的思想無法集中！

我在室中來回踱着，好幾次，在不知不覺中，來到了電話之旁，有一次，甚至已拿起了電話來，但是我還是強迫自己，將電話放了下來。

我根本認為霍景偉的那種警告，是極其可笑的！

但是，我的心中，卻又十分矛盾，我想到：萬一事情真如他所說的那樣呢？就算我相信了他的話，只不過想起來覺得滑稽而已，事實上是不會有什麼損失的，我知道白素在哪裏，住在什麼地方，我要和她通一個長途電話，可以說是輕而易舉的事。

我終於拿起了電話來，並且立即叫接長途電話，幾分鐘之後，我就聽到了白素的聲音。

一聽到了她的聲音，我便不禁鬆了一口氣，我道：「你玩得開心麼？你下一遊覽的節目是什麼？」

從她的聲音聽來，可以聽出她十分高興，她道：「我現在很高興，這裏的風景十分美麗，你的電話還好及時趕到，再遲五分鐘，我就接不到了。」

「為什麼？」我心中怦地一動。

「我要趕到機場去，搭飛機到另一處著名的名勝去遊玩，咦，你怎麼啦？」

她講話講到一半，突然問起我怎麼了，那是因為我一聽得她說立時就要去搭飛機，而陡地吸進了一口涼氣之故。我忙道：「你聽我說，取消這次旅行！」

她的聲音訝異到了極點：「為什麼？」

「別問為什麼！」實在連我也說不出是為了什麼來，我總不能告訴她，因為有人預言，那架飛機會出事：「總之你聽我的話！」

她大聲叫：「我不喜歡你那樣無緣無故地干涉我的行動。」

我的聲音之中，充滿了焦急：「你千萬要聽我的話，取消這次飛行，我實在是有緣故的，不過這緣故我現在很難解釋，好吧，我告訴你，有人預言，那一班飛機會出事！」

白素笑了起來：「那是什麼人？」

我嘆了一聲：「看在夫妻情分上，你改搭下一班機，怕什麼？」

或許是我的話說得重了些，提到了夫妻情分，是以她軟了下來，嘆了一聲：「好吧，嫁了給你這樣的人，有什麼辦法，三天兩天有古古怪怪的念頭，神經不健全都吃不消。」

我聽得她已答應了，才放下心來：「可是我總還是一個好丈夫吧！」

她笑着：「再見！」

我放下了電話，自己對自己苦笑，因為我終於還是相信了霍景偉的話。

霍景偉如果是在胡說八道，那麼那班飛機，自然什麼意外也不會發生，那麼，我一定得接受她的嘲弄，以後我再說什麼，她也可能不相信，那實在是一個惡果。

當我想到這裏的時候，真想叫她照原來的計劃去旅行算了。

但是我終於沒有那麼做。

接下來的半個下午，我精神恍惚，我竭力想找出我跟蹤失敗的原因，但是卻一無頭緒。

到了傍晚時分，我正坐在安樂椅上沉思，電話突然響起來。我走過去，才拿起電話來，就聽到了白素的聲音，她在叫了我一聲之後，突然哭了起來！

我大吃一驚：「什麼事，發生了什麼意外？」

白素仍然在哭着，但是她一面哭，一面道：「那班飛機，失事了！」

我宛若在頭頂被人重重擊了一下，立時失神落魄地道：「那麼，你沒有事？」

白素嗔道：「你怎麼了？我聽了你的話，沒有搭那一班飛機，怎會有事？」

她的聲音，聽來有一點發抖，別說是她，就是我，也發覺自己的聲音很不正常，我忙道：「你要是想哭，就痛痛快快地哭一場，哭好之後，立即回來。」

她一面哭，一面道：「我可以立即回來，但是……我仍然搭飛機回來麼？」

「當然是，別傻，飛機失事，每兩萬次飛行之中，才有一次，你快回來。」

「可是……可是上次在東京，兩架飛機就是連接着失事的，我看還是搭船回來的好。」

女人有時，就是不可理喻的，當女人不可理喻的時候，與之講話，實在是沒有用的，也必須用不近情理的話來對付她。

所以我道：「你放心好了，如果你要搭的那架飛機會失事的話，那人一定會再警告我的。」

白素忙問道：「那人是誰？那……救了我的是誰？」

我道：「你回來再說，你去搭最快起飛的那班飛機趕回來，去和航空公司交涉，無論如何要替你找到機位，快回來，我等着你通知我搭哪班機回來。」

我放下了電話，心頭實在亂得可以。

霍景偉的預言，竟然實現了，那班飛機真的失事了！霍景偉究竟是一個什麼樣的人？他是傳說中那種有着超自然的力量，能夠預見災禍的人？

對於能預見災禍的人，有着不少記載，但是從那些記載來看，似乎還沒有一個像霍景偉那樣，可以預見得如此之準確的！

我不知道這時候霍景偉在什麼地方，雖然我渴望與他交談，但是我卻無法找到他。

而當我使自己鎮定下來之際，我更發現了一點，我的跟蹤，似乎和霍景偉的預知能力有關的，他不但能預知飛機失事那樣的大事，而且也能預知小事情，他能預知我躲在斜路的一端在跟蹤他，他也能預知我躲在他汽車的行李箱中，他甚至預知我會向他一拳擊出，所以他能及時避了開去！

他是一個能預知一切的人，我甚至已想到了他為什麼將才送來的當天報紙，看也不看就撕去，因為報上登載的任何事，他早已知道了！

但是，我又不禁自己問自己：世上真有那樣的人？可以預知一切的事，可以在一件事還未發生之前，就「看到」或「感到」那件事？

我在房間中毫無目的地走來走去，走得還非常之快，等到電話鈴聲令我靜下來之際，我才發現自己竟那樣走了一個鐘頭之久！

第三部

化敵為友因參神

而我卻一點也不覺得疲倦，由此可知，在那一小時之中，我的思緒，亂到了何等程度！

我拿起了電話，仍然是白素的長途電話，她告訴我，她已在機場，飛機在十分鐘之後起飛，也就是說，午夜之前，我可以見到她了！

在和她通了這次電話之後，我到我熟悉的報館中去坐了一會，有關飛機失事的電訊剛到，那架飛機是撞中了山峰爆炸的，機上所有人無一倖免。

我離開了報館之後，便直赴機場，在機場等候了相當久，要乘搭的那班飛機，總算準時到達了，當她從閘口中走出來時，我衝向前去，我們擁抱在一起。

有很多人好奇地望着我們，但是我敢擔保，所有望着我的人之中，沒有一個知道我們夫妻兩人，幾乎陰陽路隔，再也不能見面了。

而當我將白素擁在懷中之時，我格外感激霍景偉，是他救了我們，我應該答應他的任何要求，不再與他為難才是，我替妻抹拭着她見到我時又流下來的眼淚：「走，我帶你去見一個人。」

「就是那個警告你飛機會失事的人？」

「是的。」

我替她提着行李，出了機場，駕車直向霍景偉的住所駛去，當我駛上斜路，來到了花園洋房的大鐵門前，我發現燈火通明。

而且，我的車子才一停下來，就看到一個身形瘦而長的人，向外走來。那人正是霍景偉，他顯然是預先知道我們會來了！

我們下了車，霍景偉已來到了鐵門之前，拉開了鐵門，我們走了進去，我介紹道：「這位是霍先生，這是我的妻子白素，她的性命是你一個電話救回來的。」

霍景偉聽了我那樣的介紹，臉上卻現出了一個十分苦澀的微笑來，他只是道：「請進來。」

我們跟着他，一齊走了進去，他並不在客廳中招待我們，而帶着我們，直上三樓，到了他的書房中，一進他的書房，白素便被那隻黑豹標本嚇了一跳。

我則早知道他的書房之中有着那樣的一隻黑豹的了，所以並不感到意外，我道：「我們才從機場來，是特地來感謝你的。」

霍景偉道：「不必謝我，我在電話中提到的事，你可肯答應麼？」

我立即道：「當然答應，事實上，我是受了令尊的委託，才對你的行動加以注意的，現在，我可以回絕他，而且絕不跟蹤你。」

白素並不知道我們在講什麼，但是她是一個有教養的女人，決不會在兩個男人交談之際插言的，她只是睜大了眼睛，聽着。

霍景偉道：「謝謝你，那我就很高興了！」

我看出他不想和我多談什麼，而我到這來的目的，也已經達到了，所以，我望了白素一眼，我們兩人一齊站了起來：「我們告辭了。」

霍景偉也不加挽留：「好，我送你們出去！」

他先一步走向書房門口，但是在他到了門口的時候，他卻站定，問：「衛先生，據說，你曾見過許許多多怪異的人？」

「你可以那樣說，也可以說那只是我想像出來的。因為很多人一提及別的星球上的生物，還在當那只是在科學幻想小說中才存在的玩意兒！」

「你見過從其他星球來的人，或是高級生物，也有過許多稀奇的經歷，但是你……可曾……」霍景偉猶豫了一下：「可曾見過像我一樣的人？」

我反問道：「你的意思是說，對未來的事情有預知能力的人？」

霍景偉像是被人道中了他的隱私一樣，面色蒼白地點了點頭。

我道：「沒有見過，我看見過怪得不可思議的透明人和支離人，但是未曾遇到過像你這樣的人。」

霍景偉嘆了一聲，我趁機道：「霍先生，你好像很不開心？其實，一個人有了像你這樣的能力，應該覺得十分開心才是的。」

霍景偉苦笑着，並不出聲。

他臉上那種痛苦和無可奈何的神情，絕不是做作出來的，而是他的內心的確感到了痛苦。

我也沒有再問下去，我們之間，呆了片刻，他忽然伸手在我的肩頭上，拍了一下：「明天中午，你到我的醫務所來，好麼？」

這個邀請，對我來說，簡直是喜出望外的！

我連忙答應着：「好，當然好。」

「那麼，明天見，恕我無禮，我不送你們下去了。」

「別客氣！」我說着，和白素一起下了樓，和他分了手。

到了車中，白素才向我提出了一連串的問題來，我將事情的始末，詳詳細細地講給她聽。她聽了之後：「我想，他明天會帶你到那俱樂部去。」

「我希望如此。」

「你認為他沒有惡意？」

「當然不會有惡意，你沒有看出來麼？他雖然有着超人的能力，但是卻一點也不快樂，他甚至沒有一個可以和他談話的人，我想，他幫助過我，我也可以幫助他，我相信他一定有過十分奇特的遭遇！」

白素靠在我的身上：「如果他真需要幫助的話，那就應該好好地幫助他，如果不是他，我們……我們現在怎樣了？」

我不敢想，真的不敢想，我忙道：「別去想它了，事情不是已過去了麼？」

我將車子開得快些，白素也不再提起失事的飛機了。

第二天，中午時分，我走進了霍景偉的醫務所，一位負責登記的護士小姐用好奇的眼光望着我，那大概是不論用怎樣的眼光打量我，我都不像是一個病人的緣故。

我走向前去：「我和霍醫生有約，我姓衛。」

「衛先生，霍醫生吩咐過了，他請你一到就進去。」

我點了點頭，推開診症室的門，霍景偉抬起頭來：「你來了，我們走吧。」

我忙道：「你沒有病人了？」

霍景偉搖頭苦笑：「沒有，我的病人全去找別的醫生了，他們都以為我自己應該找醫生。」

我不知道該如何說才好，因為從霍景偉的神情來看，他的心境，實在是陷在極度的愁苦中，那種愁苦，並不是我不切實際的三言兩語能起到安慰作用的，所以反而什麼也不說的好。

我們一起出了診所，到了車屋中，他才又開了口：「對不起，昨天我打痛了你。」

我摸了摸後腦，高起的一塊還未曾消退，但是我卻笑着：「不必再提起了。」

他打開車門，讓我坐進去，他自己駕着車，駛出了車房，一駛到街道上，他就道：「所謂『叢林之神崇拜者俱樂部』，那是因為老頭子對我不正常的行動有懷疑，是我自己捏造出來的，實際上，那地方，只有我一個人，和一個守門的老頭子。」我用心地聽着，保持着沉默。

他轉過頭，看了我一眼：「你不問我那是什麼地方？」

「那是什麼地方？」

「那是一個供奉『叢林之神』的地方，也是我崇拜『叢林之神』的……廟堂。」

這樣的回答，說是深奧莫測，自然可以，但是何嘗又不能說語無倫次？

我再問：「『叢林之神』是什麼神？」

「等你到了之後，你就可以看到了。」

力。」

「那麼，你崇拜祂的目的是什麼？」

霍景偉呆了半晌，才道：「你是知道的，我對未曾發生的事，有預知的能力。」

我忙道：「是，那是一種超人的力量。」

霍景偉又苦笑了起來，他一定時時作那樣的苦笑，因為他臉上因苦笑而引起的那兩條痕，已十分深刻，他不但苦笑，而且還嘆了一聲。

我沒有再出聲，又過了半晌，他才又道：「我崇拜『叢林之神』，就是想祂將我這種能力消失！」

霍景偉的話，不禁令我大大訝異！

那實在是不可思議的，因為一個人如果有了對未來的事預早知道的超人能力，那實在是等於他已擁有了全世界，他可以在三四天內，就變成第一巨富，他可以趨吉避凶，他可以要什麼有什麼，他應該是最快樂的人，那只怕是世界上每一個人夢寐以求的一種超人的能力！

但是，霍景偉有了這種力量，反而不要，要去求那個什麼「叢林之神」，使他這種力量消失！

那「叢林之神」是什麼東西？

我還未問出口，霍景偉又道：「我之所以要請『叢林之神』給我消除這種特殊的能力，是因為我這種能力，就是祂賜給我的。」

我真是愈聽愈糊塗了，如果我不是確知霍景偉的確有預知能力的話，那我一定將他當作一個神經極不正常的人來看待了。

我又呆了片刻，才道：「可是……」

但我的話還未曾說完，他已經道：「到了！」

我向外看去，看到他將車子轉進了一條彎路。剛才，因為我只顧得和他談話，而他的談話內容，又吸引了我全部的注意力，是以我完全未曾注意他將車子駛到什麼地方來了。

這時，我才看到車子已然駛上了山，在駛向一條小路，那條路很窄，很陡峭，在路口就有一道鐵門，掛着「內有惡犬」的招牌，顯然整條路，都是屬於霍景偉的。

當車來到門口的時候，霍景偉按下車中的一個掣，無線電控制開關的門就自動打開。

霍景偉將車子駛進去，那時，還看不到有房子，直到駛上了那段斜路，轉到了一條較為平坦的道路上，我才看到有一大片整理十分好的草地，和一幢舒服優雅的平房。

霍景偉將車停在草地之旁，道：「你看這裏如何？」

我走出車子，四面望了一下，那地方真是幽靜極了，尤其是在第一流的大城市之中！

我由衷地道：「太好了，這裏實在太好了！」

霍景偉總算笑了一下，這是我第一次看到他笑，他道：「這裏花了我不少錢，因為我要找一個幽靜的地方來供養『叢林之神』。而如果我的預知能力消失了，我會將它送回去，你如果喜歡這裏，我可以將這所房子送給你！」

我忙道：「我卻不敢接受這份禮，實在太重了，我……可以知道那『叢林之神』，是由什麼地方來的麼？」

「祂是從巴西來的。」

「噢，」我並不表示奇怪：「是你上次南美旅行狩獵時帶回來的？」

霍景偉又蒙上痛苦的神色：「如果我知道這次旅行會有那樣的結果，我一定不會去，只是可惜我那時並沒有預知的能力。」

我又問：「在巴西的什麼地方？」

「聖大馬爾塔山，在巴西的中心部分，是亞拉瓜雅河的發源地，我想你聽說過？」

我不禁驚呼了一聲：「天，那地方，在地圖上還是一片空白，那是真正的蠻荒之境，只怕除了當地的土人之外，絕沒有外人進去過！」

「你幾乎可以那麼說，那地方，是兇殘無比的獵頭族柯克華族的聚居地，柯克華族有許多分支，都居住在巴西的中心部分，那是世上最不為人所知的神秘地區，其中的一切，全是原始的——我們先別談這些，請先進來，瞻仰一下叢林之神！」

我的好奇心，已經被他的話逗引到了沸點，但是我知道，那一定是一個極長的故事，所以我耐着性子，不去問他，只是和他一起走了進去。

在落地玻璃門之前，是三兩級石階，在我們走上石階之際，我看到一個老者，自屋中走了出來，叫了霍景偉一聲。霍景偉道：「這是老傭人，他是看着我長大的，對我最好。」

他一面說着，一面已移開了玻璃門，走了進去。

那是一個起居室，佈置得很幽雅，牆和地上，全是米色的，色調十分柔和。

他直向前走去，我自然跟在後面，一直來到了一扇門前，他才站着。

然後，只聽得他深深地吸了一口氣：「希望你看到了室中的情形，不要吃驚。」

我聽得他那樣說，知道那「叢林之神」一定在那間房間之中了。

而他特地那樣警告我，可知那神像，一定十分猙獰可怖。這本也是我意料之中的事，因為我已知道，那神像是他從巴西的蠻荒之地帶回來的，總不能希望他從蠻荒帶回來一尊維納斯神像。

我道：「我知道了，我不至於那麼膽小。」

霍景偉道：「我不是說你會駭怕，我是說，你看到了之後會吃驚。」

他說着，已推開了門。

他說得一點也不錯，他是一個有預見能力的人，他知道我一定會吃驚的，而我的確吃驚了！

那房間中，空無一物，只有在房間的正中，有一根大約五尺高的圓柱，那圓柱大約有一尺直徑，作一種奇異的灰色，很柔和。

我吃了一驚，道：「這是什麼？」

霍景偉道：「這就是『叢林之神』。」

我大踏步走向前去：「霍先生，我希望你不是在和我開玩笑！」

霍景偉苦笑着：「我寧願是和你開玩笑！」

我望了他一眼，沒有再說什麼，便趨前去看那圓柱。我在第一眼看到那根圓柱時，第一個印象便是那是高度工業技術下的產品，因為它的表面，是如此之光滑，它的形狀是如此之標準。

但是我也想到，那可能是手工的結果，或許那是精工製成的一個圖騰。

然而，當我來到近處，一面撫摸着它，一面仔細審視它之際，我卻認定了那是工業製品，它好像是金屬的，又好像是一種新的合成膠。我試圖將它抱起來，它十分重。它是一個整體，在它的表面，找不到絲毫的裂縫和駁口，也找不到別的瑕疵，它的表面是完整的銀灰色，看來使人感到很舒服。

我看了足有五分鐘，卻得不出什麼結論，我轉過頭來：「我不明白，完全不明白。」

霍景偉道：「自然，在沒有將其中的經過和你講明之前，你是不會明白的。」

「那麼，請你講一講。」

「自然，這就是我請你來的目的，請出來，這裏連椅子也沒有。」

我又跟着他走了出去，來到了一個小客廳之中，坐了下來，他自酒櫃中取出了一瓶酒，送到我的面前，那瓶酒的瓶塞都陷了下去，酒色深紅，瓶口連着一本用三種文字寫成的小冊子，證明這瓶白蘭地酒，是公元一八〇二年，拿破崙在就任「終身執政」時裝入瓶中的。

那自然是稀世的美酒，可知霍景偉真的想和我好好談談，不然，他不會那樣招待我的。

我忙道：「這酒太名貴了，正是拿破崙風頭最盛時候的東西。」

霍景偉用瓶塞鑽打開酒瓶：「如果拿破崙有預知能力，知道他終於會被人困在一個小島上而死的話，他一定不會覺得當終身執政有什麼高興。」

我略呆了一呆，我聽得出霍景偉的弦外之音，是想說有預知能力，並不是什麼值得高興的事，像拿破崙就是，如果他早知會死在厄爾巴島上，他一生之中，怎會享有做皇帝的樂趣？

但是我卻不同意他的看法。

所以我道：「你的講法很有問題，如果拿破崙有預知能力，他就不會進攻俄國，也不會去打滑鐵盧第一仗，那樣，他就可以避免失敗！」

霍景偉望了我半晌，才緩緩地道：「你似乎是不明白，我是說他有預知的能力，而並沒有說他有改變將來發生事實的力量。」

我呆了片刻：「我現在明白了，你是說，拿破崙就算有預知能力，他還是一樣要失敗，一樣要死在小島上，只不過他早知道這一點而已，對不對？」

霍景偉點着頭：「對，他就像是在讀歷史一樣，而他自己，就是歷史的主角，你想想，他做人還有什麼樂趣？他等於是在看一部早已看過了幾千遍的電影，一切都會發生，他沒有力量改變，他必須接受一切，他沒有了希望，因為終極的結果，他全知道了，他雖然坐在皇帝的寶座上，但卻和困在小島上無異！」

霍景偉一口氣講到這裏，才略停了一停。

我明知道我是不該那樣講的，但我還是說了，我道：「你的意思是，你現在正在那樣毫無樂趣的情形之下生活着的？」霍景偉面色灰敗地點着頭：「人生的最大樂趣是希望，但我沒有希望，我早知道會有什麼了！」

第四部

沒有明天的人

我不出聲，因為那是難以想像的，而且是十分可怕的一件事。

霍景偉又道：「人人都有明天，對每一個人來說，明天是新的一天，有許許多多新的事在等待着，而事先他絕不知道，就算他明天要死了，只要他不知道，他今天仍是興高采烈的，但是我……」

他講到這裏，用手捧住了頭，很用力地搖着，他臉上那種痛苦的神情，愈來愈甚，終於，自他的齒縫中，掙扎出了一句話來，道：「我是個沒有明天的人！」

我仍然沒有出聲。

並不是我不想講話，而是我覺得在那樣的情形之下，我根本沒有什麼話可以說！

霍景偉發出了一連串的苦笑聲，然後才道：「這種痛苦，你是想像不到的，你想想，我現在年紀還輕，本來我有美好的前途，可是現在，對以後的一切，我卻全知道了，我甚至知道我將在哪一年哪一月哪一天，什麼時候，停止呼吸，我現在過日子，就像是在看着一張連分類廣告都看了好幾遍的舊報紙，在我的生活之中，找不到任何新的東西！」

他又停了下來，然後，他神經質地笑了起來：「你說預知力量是十分令人羨慕的，但是我親身體驗的結果卻是：那是最最痛苦的事！」

我直到這時，才想起有什麼話可說來：「你的話也不盡然，你說你無法改變已知的事實，但實際上，你卻是可以的。」

霍景偉瞪大了眼，望着我。

我摸着自己的腦後，腫起的那個高塊：「譬如說，昨天在車房中，你能避開我的一擊，那就是由於你事先知道我的一擊之故。」

霍景偉苦笑道：「是的，這一類細小的事，可以改變，但是我卻不能改變自己的命運，我就不能使你停止追蹤我，我也不能使我在你的面前，保留我的秘密，我明知那飛機會失事，但我只能在失事前，救一個人或幾個人，但不能挽回那架飛機失事的命運！」

我安慰着他：「你能夠在小事上改變自己的遭遇，那也夠好的了，從小處着眼，你每一次都可以在馬場上滿載而歸，你可以獲得暴利，你可以盡情享受，來度過你的一生。」

「盡情享受！」他無限感慨地重複着我的話，「請問，一個死囚，在臨刑之前，有什麼心情去享受他照例可以享受的那豐富的一餐？」

我聽得他那樣說，不禁嚇了一跳：「你……莫非知道自己的死期十分近麼？」

霍景偉搖着頭：「不！」

我忙道：「那你為什麼會有臨行刑前的感覺？每一個人都要死的，照你那樣說來，每一個人都沒有享受任何快樂的心情了？」

霍景偉嘆息着道：「你似乎還不明白，每一個人都知道自己會死，但是卻不知道什麼時候會死，未知數即使是一個極小的數字，也比已知數是一個極大的數字好得多，人所以活着，拚命追求成功，追求享受，追求一切，全是因為人雖然知道會死，但卻不知道什麼時候會死！」

霍景偉其實已解釋得十分清楚了，我也明白了其中道理，那實在很簡單，我不知道自己什麼時候會死。不知道自己什麼時候死，死亡就是一件十分遙遠，根本不值得去為它擔心的事情。但如果知道自己什麼時候死，就算死亡是在一百年之後，在心理上，便也是一種極重的負擔，逼得人無時無刻不去想它！

而且，從霍景偉的話中，我也想到，一個對未來發生了一些什麼事全都知道的人，生活之乏味，實在是可想而知的事！

我也不禁嘆了一聲：「那樣說來，你就算能令你的預知能力喪失，也是沒有用，因為你已經知道了一切事！」

霍景偉道：「我希望的是能夠在使我的預知能力消失的同時，也令得我的記憶，喪失一部分，將這一切，當作一場噩夢一樣。」

我道：「那麼，你就應該去找一個十分好的腦科醫生，而不應該常崇拜一根柱子。」

「那不是柱子，」霍景偉急忙分辯：「那是『叢林之神』，是神！」

我感到他的話十分滑稽，我已看到過那「叢林之神」，那分明只是一根柱子！

但是我卻不去和他爭辯，我只是又道：「那也一樣沒有用，你應該知道，你是不是能夠使你的預知能力喪失的，因為你現在有預知能力！」

霍景偉抬起頭來：「是的，我知道。」

「你知道什麼？」

霍景偉的話說得十分慢，幾乎是講一個字，便停上一停：「我知道我不能，我將會在有預知能力的情形下死去，我不妨明白地告訴你，我的死法是……我實在忍不住那乏味的日子，我會將我自己的生命，像一張舊報紙那樣，毫不吝嗇地拋去！」

我大吃一驚：「你會自殺？」

霍景偉反倒被我的神態，逗得笑了起來：「那有什麼大驚小怪的？拋掉一份新報紙，才是值得奇怪的事，但是我的生命，卻是一份舊報紙！」

「就算舊報紙，也有重讀價值的。」

「但是我已讀過千百遍了，我實在覺得太乏味了，真是太乏味了！」我沒有再說什麼，他也不說什麼。

一片沉寂，我甚至可以聽到我和他兩個人的呼吸聲，然後，在足足五分鐘之後，我才道：「你明知會那樣，又何必再崇拜『叢林之神』？」

「那是我希望奇蹟出現，雖然我明知那是絕無可能，我要在絕望中掙扎，當我掙扎到難以再掙扎下去時，我就會——」

我打斷了他的話頭：「你且說說探險的故事。」

「說我遇到『叢林之神』的經過？」

「是的。」

「那是一個很長的故事了，故事的開始，是我們幾個人，想到南美洲去行獵，尋求生活上的一些刺激，我說的那幾個人，是我的好朋友。」

「他們現在在哪裏？」

「他們很好，也不知道我發生了意外，因為他們一到了南美，立時被南美女郎的熱情融化了，他們在巴西的幾個大城市中，有數不清的艷遇，但是卻一點奇遇也沒有，因為他們根本沒有到叢林去。」

「你一個人去了？」

「是，我僱了三個第一流的嚮導，和九個腳伕，連我一共是十三個人。」

霍景偉苦笑了一下，「十三真是個不祥的數字。」

我沒有說什麼，霍景偉道：「我們十三個人深入叢林，從偌蘭市出發，溯着亞拉瓜河向上走，第三天，我們便已到了不見天日的叢林中，第五天，一個嚮導死在毒蜥蜴之下，三個腳伕逃走，第七天，我打中了一頭黑豹，但是另兩個腳伕卻被毒蛇咬傷，另一個腳伕被食人樹纏住，拉出來時，已奄奄一息，不及急救就死了。」

霍景偉在講那段經歷時，他的口氣，十分平淡，敘述也十分簡單。

但是我卻已聽得心驚肉跳了！

我吸了一口氣：「吃人樹？」

「是的，吃人樹！」

「就像我們平時在蠻荒探險電影中看到的那樣？」

「當然不是，是一種高大的樹，在樹枝上，有許多藤一樣的長鬚倒垂下來，那種長鬚，一碰到有生物經過，便會收縮，將生物吊了起來，在吃人樹上，全是白骨。那種長鬚在擒獲了食物之後，就會分泌出一種劇毒、腐蝕性的毒汁來，那土人死得十分慘。」

我吸了一口氣：「那地方……實在是魔域！」

「你說得對，真正是魔域，人置身其中，就像是在一個永遠沒有完的噩夢之中一樣，吃人樹雖然可怕，但是比起以後兩天，又有兩個土人，死在食肉青蠅之下來，那可差得實在太遠了。」

我的聲音，聽來和呻吟聲已差不多：「食肉青蠅？」

「是的，嚴格來說，食肉的並不是青蠅本身，而是牠的蛆，這種青蠅，有大拇指大小，牠有本領將卵產在生物的肌肉之內。蠅卵在肌肉內孵化成蛆，蛆就以生物的肉為食糧，那只不過是一夜功夫，當我們發現兩個土人死亡時，他們——」我陡地跳了起來，搖着手，叫道：「別說了！別說了！那令人噁心！」

霍景偉用一種奇怪的眼光望着我，過了半晌：「衛先生，我以為你是一個有着各種各樣怪異經歷的人，是不會因為這些情形而害怕的。」

我自己也覺得有點慚愧，但是我實在不想聽下去，在那種原始叢林之中，實在是什麼樣怪誕的事都有。

我道：「你說得對，我有各種各樣的怪異經歷，但是我未曾到過那樣的地方！」

霍景偉道：「好，那我說得簡單些，等到我們遇到了獵頭族的時候，已只剩下兩個人了，一個是我，一個就是嚮導。幸而那嚮導和酋長是相識的，要不然，我們兩個人的人頭，就會掛在屋檐之下了。我們在獵頭族的村落中住了三天，說出來你或者不信，獵頭族的印地安少女，個個都有世界小姐的美好身材，而且她們，幾乎是裸體的，那真使人留戀。」

我苦笑了一下，就算他所說是真的，我也決計不相信世人有人為了美色，而甘願冒着食人樹、食肉蠅、毒蜥蜴的危險而到那樣的魔域中去的。

霍景偉又道：「我第一次聽到『叢林之神』，便是在那個部落中，那個部落的一個巫師，宣稱他有預知的能力，早知道我們要來，他甚至說出了我們一路上的經過，每一個人死亡的情形，他還說了很多預言，他說明天，在他們村落的北方，有一個人會死於意外，這個人的死，會令得全世界都感到意外。」

我大感興趣，道：「他說那個人是什麼人？」

霍景偉道：「他當時說出了那人的名字，是約翰．堅尼地，我聽得自那個巫師的口中講出這個名字來，心中已是十分奇怪，因為那樣的一個未開發的部落中的巫師，是不可能知道美國總統的名字的，當然我雖奇怪，但並不相信他的話。當時，我們幾乎已拋棄了所有的行囊，但是還保留着槍枝和收音機，而第二天，在收音機中，我就聽到了美國總統被刺的報告！」

他手有點發抖，所以點燃一支煙，也花了不少時間，他吸了幾口煙，才繼續道：「當我聽到了收音機的報告之後，我無法不承認那巫師的確是有預知能力的了，我找到那巫師，去問他為什麼會有那種力量，我當時的想法，和你一樣，認為我如果也有了那樣的力量，那我可以說是世界上最幸福的人了！」

我有點急不及待地問：「那巫師怎麼說？」

「巫師起先不肯說，後來我答應將一柄十分鋒利的小刀送給他——他們落後得還停留在石器時代，他才告訴我。」

霍景偉驚歎地說：「巫師說那種力量，是『叢林之神』賜給他的，他還帶我去看『叢林之神』，據他說，『叢林之神』是他的祖先發現的，自從他的祖先發現『叢林之神』之後，他們的一家，便世世代代，成了這一族的巫師，有無上的權威。我跟着他爬上了山峰，在一片密林之中，看到了『叢林之神』。」

「就是那圓柱？」我問。

「是的，你也看到過了，就是那……圓柱。它豎立在密林之中，有一半埋在地下，在那樣的地方，密林之中，看到那樣的一根圓柱，這的確使人感到奇怪，那巫師又做着手勢，告訴我，在月圓之夜，將頭放在圓柱之上，就可以獲得預知力量了。」

我忍不住又問：「巫師的話是真的？」

霍景偉嘆了一聲：「是真的，那晚恰好月圓，我將頭放在柱上，起初我的眼前出現許多許多夢幻一樣的色彩，像是置身在夢境之中，那時，我已感到有很奇妙的變化，會在我的身上發生，而當我不知在何時站起身子時，我便有了預知的能力，我已經知道我會偷走那『叢林之神』！」

霍景偉又停了一停：「那是兩天之後的事，我偷偷帶着那嚮導，上了山，將那根圓柱，從地上挖了出來，兩人合力逃出了叢林，我給了那嚮導一筆十分豐富的報酬，將圓柱運了回來，而從那時起，我已開始覺得，有預知能力，實在是一件十分痛苦的事！」

霍景偉熄了煙，攤着手：「我的經歷，就是那樣，聽來很簡單，是不是？」

我站了起來，來回踱着，霍景偉的故事，聽來的確不很複雜，但是卻令人有一種難以形容的奇異之感。

過了好一會，我才道：「今晚也是月圓之夜，照你所說，如果我將頭放在那圓柱上……」

霍景偉忙搖手道：「千萬別試！」

我心中十分亂，我當然不是想有預知能力，但是那圓柱和月圓，又有什麼關係？

而且，未曾發生的事，一個人如何能知道？那似乎沒有科學的解釋，即使是抽象的解釋，也難以找得出來！

我呆了好一會，才問：「那圓柱在月圓之夜，會有什麼變化？」

「沒有什麼變化，只不過平時，頭放在上面，沒有什麼感應，但如在月圓，就會使人的腦部，有一種奇妙的感應，我沒有法子形容得出，而我也不想你去體驗那種感應。」

我揮着手：「那麼你認為那圓柱是什麼東西？」

霍景偉呆了一呆，像是我這個問題，令得他感到十分意外一樣。我等着他的回答，過了好久，他才道：「那是『叢林之神』，不是麼？」我又好氣，又好笑：「『叢林之神』這個稱呼，是獵頭部族的巫師，才那樣稱呼它的，它當然不是神，怎會有那樣的神？」

霍景偉反倒覺得我所講的，是十分怪誕的話一樣，反問我道：「那麼，你說這是什麼？它自然是神，不然何以會有那樣的力量？」

我搖着頭：「當然那不是神，但是我卻不知道那是什麼，你沒有試圖將它鋸開來，或是拆開來看看，或是交給科學家去檢查。」

霍景偉苦笑了起來：「在那樣荒蠻地方發現的東西，交給科學家去檢查？這不是太……可笑了麼？我連想也未曾那樣想過。」

我道：「但那是值得的，一定要那樣，才能有一個正確的結論，我想去請一批科學家來……」

我講到這裏，突然停了下來。

因為在剎那之間，我想到了一點，我想到我去請科學家，實在也沒有用的！因為我請來的那批科學家，就算對那圓柱，有什麼結論，那是未來的事，而霍景偉對未來的事是有預知能力的，他應該早知道那個結論了。

而他卻不知道那是什麼，由此可見，請科學家來，也是解決不了問題的。

我講話講到一半，突然停止，霍景偉也不覺得奇怪，他只是自顧自地苦笑着：「現在總算好，有一個人知道我的事了。」

我總覺得他的每一句話中，都充滿了悲觀和絕望，那自然是他一點也覺察不到人生樂趣的結果。

我沉默了片刻，才道：「我想再去看看那圓柱。」

「可以的，我在這裏休息一會。」

我自己一個人走了出去，來到了那根圓柱之旁。除了色澤方面十分奇怪之外，那圓柱實在沒有什麼出色的地方，我試着將頭放在圓柱頂端，微凹進去的那地方，也絲毫沒有異特的感覺。

我試着將它抱起來，平放在地上，來回滾動了幾下，那圓柱一定是實心的，因為它很沉重，但如果它是實心的，又何以會有那樣神奇的力量？

我取出了隨身攜帶的小刀，在那圓柱上用刀切割着，但是我非但不能割下任何小片，連痕迹也未能留下來，那圓柱是極堅硬的金屬。

然而，如果是極其堅硬的金屬，那似乎重量又不應該如此之輕！

我仔細查看了足有一小時之久，才又將之抱了起來，豎放在那裏。

我不知道霍景偉什麼時候來到房間之中的，我聽到了他的聲音，才轉過頭去。他道：「那究竟是什麼，你研究出來了沒有？」

我搖了搖頭。

他道：「所以我說它是神，『叢林之神』。」

我緩緩地道：「不是，我初步的結論是：那不是地球上的東西。」

霍景偉緩緩地吸進一口氣，他一定是第一次聽到人那樣講，所以他臉上神情的古怪，簡直是難以形容的，他道：「你真會那樣講！」

我道：「你早知道我會那樣講的了？是的，那不是地球上的東西，你別覺得奇怪，整個宇宙……」

我的話還未曾講完，便被他打斷了話頭，他道：「我知道，我知道你的理論，你的理論是，宇宙是無邊際的，像地球那樣的星球，在宇宙中，不知有多少萬億顆，其他星球中也有高級生物，那是毫無疑問，決計不值得懷疑的事！」

我點頭：「正是那樣。地球人以為自己是宇宙中唯一生物，那樣的觀念實在太可笑了，因為地球人甚至根本不知宇宙是什麼，也不知宇宙有多大，地球人對宇宙，還在一無所知的情形之下，怎可以抱定那樣的觀念，去對待整個宇宙？」

霍景偉道：「我全知道，你還會告訴我，那圓柱可能是許多許多年之際，外太空星球上的生物留在地球上的，那時候，地球上可能還是三葉蟲盤踞的時代，是不是？」

我正想說那些話，是以我不得不點頭。

霍景偉嘆了一聲：「對於這些問題，我實在沒有興趣，我只是不想我自己有預知的能力！」

他激動地揮着手，面色蒼白。

我望了他片刻：「那麼，你還有一個辦法可行，你是醫生，你可以和著名的腦科專家商量一下，替你的腦部進行一次手術除去你腦中的若干記憶，或者使你變得愚鈍些！」

霍景偉苦笑着，我見過他無數次的苦笑，但是卻以這一次最淒苦。

他問我：「我的預見能力，一直到我死為止，在我死了之後，又會有什麼事發生，我不知道了，你可知我預見我自己是怎麼死的？」

我張大了口，但我沒有出聲。

我自然是在問他，他預知他自己如何死的。

霍景偉道：「我預知我將死在腦科手術牀上，因為我的想法和你的提議一樣，最後我想用腦科手術來除去我的記憶和預知能力，結果，手術失敗，我死了……」

這一次，連我也為之苦笑起來！

命運實在對霍景偉開了一個大玩笑，也可以說，那是一個惡作劇！

霍景偉也知道自己會如何死去，但是他卻一定要那樣做，因為他活得乏味，他想要改變目前的情形，但結果卻換來死亡！

他無法改變那樣的事實，雖然他早已知道會如此！

我實在沒有什麼好說的了，我只是望着他，他也只是望着我。

這時，我至少已知道何以他的神情如此之頹喪，也知道何以他總是苦笑了！

過了好一會，我才道：「那麼，你可知道……那是什麼時候的事情？」

霍景偉搖着頭：「在七十二小時之外的事，我雖然知道，但是對於確切發生的時間，我卻不能肯定，所以我也不知道那是什麼時候的事。」

我安慰着他：「其實那是不可能的，你明知會死於腦科手術，你可以不施行手術！」

「但是我又希望我能夠藉腦科手術而摒除我的預知能力！」霍景偉回答。

現在那樣的情形，倒使我想起了「夜行人的笑話」來了：有人深夜在街頭遊蕩，警察問他：「你為什麼還不回家？」那人說：「因為我怕老婆罵。」警察又問：「你老婆為什麼罵你？」那人回答是：「因為我深夜不回家！」

現在，霍景偉的情形，也正好相同！

又呆了好一會，我才抱歉地道：「我實在很難過，我也不能給你什麼幫助，那真是很遺憾的一件事，請你原諒我。」

霍景偉攤開了手：「我沒有理由怪你的，那是命運的安排，是不是？」

我甚至不敢去看他，因為我覺得他實在太可憐了！

他也沒有再說什麼，就駕車送我離開了這幢優美的別墅，我們在市區分了手，我回到了家中，將霍景偉的一切經歷，詳細向白素說了一遍。

說完之後，我不勝感慨：「有很多事，得不到的人夢寐以求，但是得到了之後，卻絕不會有想像中的那樣快樂，反倒會帶來痛苦！」

白素沒有說什麼，我則繼續表示着我的意見，道：「世上人人都想發財，以為發了財之後，快樂無窮，但真發了財之後，才知道不是那麼一回事。想做皇帝的人真當上了皇帝，也會發覺做皇帝也不一定快樂。哪一個人不想自己有預知能力，但是誰又知道，一個有了預知能力的人，竟是如此痛苦？」

白素微笑地望着我，她是好妻子，儘管她有時不同意我的見解，但是她卻也很少和我爭執。

當天，我在十分不愉快的精神狀態下度過，第二天，我突然想到，高明的催眠術，對於增進記憶和消失記憶，有一定的作用，何不叫霍景偉去試一試？

可是當我想設法和霍景偉聯絡的時候，他卻已經離開本埠了。

我問不出他的行蹤來，只好作罷了。

第五部

難以形容的感覺

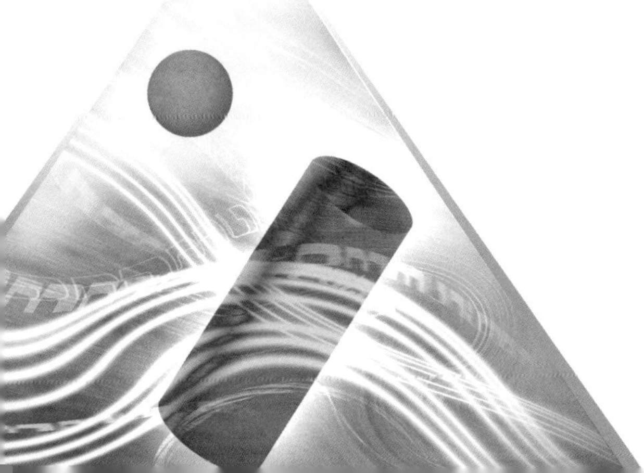

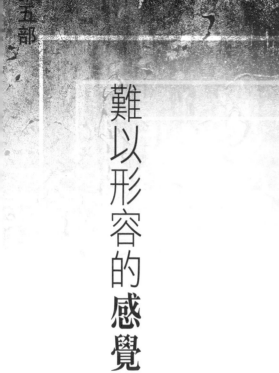

事情到這裏，似乎應該告一段落了，但是卻不。

在足足半年之後，我才又看到了霍景偉的名字，那是一則很短的新聞，刊在不受人注意的位置上，標題是「名醫霍景偉因腦病逝世！」

霍景偉死了，我連忙看新聞內容，內容說霍景偉因為腦部患病，在瑞士進行腦科手術，就在手術的進行之中，不幸逝世云云。

霍景偉在腦科手術進行中死去的，那和他在半年之前所預知的，完全吻合！看到了這消息之後，我呆了半晌，着實替霍景偉難過，他已死了，他可能是世上唯一有預知能力的人，但卻明知會死，也希望他的預知能力會消失！

霍景偉已經死了，事情更可以告一段落了。

但是卻不，一個月之後，我接到一個律師的通知，說我有一筆遺產，是價值相當高的物業，叫我去辦手續轉名，領取一切鑰匙，成為業主。

當我才接到那樣的通知之際，簡直莫名其妙！

我還以為是那律師弄錯了，一再拒絕，直到那律師說出了贈予人的名字來，我才明白那是怎樣一回事，那是霍景偉！

當他在半年多以前，帶我到那別墅去的時候，他曾說過要將那極其優美的房子送給我，當時我也未曾想到他是當真的，而且還記得！對那幢房子，我自然有興趣，因為那是極之優美的一幢房子，但是對那房子的那根圓柱，我卻更有興趣，是以我連忙趕到了律師事務所。

等到我辦好了一切手續，離開律師事務所的時候，天色已近黃昏了，我的手中，多了一隻牛皮紙袋，袋中放着的是十幾柄鑰匙。

律師事務所的職員告訴我，屋子事實上是不必用鑰匙，就可以進去的，因為有人看守着，看屋子的人，是霍景偉生前僱用的，叫做殷伯，他不但看屋子，而且還代替霍景偉養狗。那十幾柄鑰匙的移交，只不過是象徵着屋子已換了主人而已。

那位殷伯，我也是見過的，只不過已沒有什麼特別的印象了。

我離開了律師事務所之後，駕車一直來到了那別墅的大鐵門之前，上次我來的時候，霍景偉是用無線電控制來開門的，我只得停下車，按了幾下喇叭。

這時天色已相當黑了。

我才按了兩三下喇叭，門柱上的燈便亮了起來，接着便是一陣犬吠聲，殷伯已走了出來，拉開了鐵門，我駛進去，從車中探出頭來：「我姓衛，霍醫生將這幢房子送給我了！」

「我知道，」殷伯的聲音很沉鬱：「霍先生在臨走之前，曾對我說過的。」

「殷伯，你可以繼續留在這裏，我會和霍先生一樣待你的。」

「謝謝你，衛先生。」殷伯彎着腰說。

我讓殷伯上了車，和他一起到了屋子前，走進屋子，我道：「殷伯，請你開亮所有的燈，我想好好地看一看屋子的每一個角落！」

殷伯答應着，走了開去，不一會，連花園中的水銀燈也亮了起來，全屋大放光明。

我從客廳中慢慢踱了開去，一間一間房間踱着，想起半年多前，我和霍景偉在這裏相會的情形，實在是不勝唏噓了。

我在最後，才踱到了那間放着那圓柱的房間之前，意外地，我發現門鎖着。

在我一間一間房間踱來踱去之時，殷伯一直很有耐心地跟在我的後面，我發現房門鎖着，自然立時轉過頭去望他，殷伯忙道：「這間房間，霍先生說供着神，他一直是鎖上門，不讓我進去的。」

我沒有再說什麼，從牛皮袋中取出了那串鑰匙來，一一試着，試到了第六柄，就將門打了開來。

那房間中自然未曾着燈，也正因為如此，所以我一推門進來，發現滿屋都是月光，這才想到今天是農曆十五，正是月圓之夜。

由於我想到了是月圓之夜，我的心中，立時起了一種十分神秘的感覺，我已經按到電燈開關了，但是我手卻又鬆了開來。

我向房間中央的那根圓柱看去，圓柱依然放在那裏，月光可以照到它。在月光下看來，它的色澤，更是極之柔和。除此以外，也沒有什麼異狀。

我慢慢向那圓柱走去，殷伯忽然叫道：「衛先生，你別走過去。」

我回過頭來：「為什麼？」

殷伯道：「霍先生曾經告訴我，那是『叢林之神』，每當月圓，它就顯靈，千萬不能走近，今天正是十五，你還是別走過去的好。」

我笑了一下：「不要緊，你看它不是和平時一樣麼？不會有事的，你放心好了！」

殷伯臉上的神情，十分焦急：「衛先生，你別怪我多嘴，這……神我看十分邪門，霍先生本來好端端的，自從供起了這個神之後，他就失魂落魄，年紀輕輕就死了！」

殷伯當然不會明白那究竟是怎麼一回事的，我當然也不會費精神去和他解釋，所以我只是微笑着，仍然向前，走了過去。

我來到那柱旁，伸手去撫摸那柱子。

當我的手一碰到那柱子之際，我整個人，突然震了一震，在剎那間，我產生了一種難以形容到了極點的，怪異之極的感覺！

那種感覺真是難以形容的，好像那柱子是帶電的，但實際上卻又不是那種觸電的感覺，我只感到在那不到百分之一秒的時間中，有什麼東西，從那柱中，傳進了我的身體之內。

但是傳進我體內的卻比電還要不可捉摸，總而言之，我根本講不出那究竟是什麼感覺來！

在那極短的時間中，我好像想起了許多事，但是那究竟是一些什麼事，我卻又全然說不出來，那可以說是一種極其混亂，極其不能解的許多怪異的念頭。

我像是觸電一樣，立時縮回了我的手來，並且向後連退出了三步。

我那時的臉色，一定十分蒼白難看，是以站在我身後的殷伯失聲問道：「衛先生，你怎麼了？霍先生曾說那神像是……不可觸犯的！」

殷伯的話，令得我從那極度的怪異之感中，又回到現實中來。

我使勁搖了搖頭，想弄清楚剛才究竟是怎麼一回事，但是我卻無法設想，我早已說過，那是混亂之極的一種感覺，就像你發了一個極之怪誕不可思議的夢，在夢醒的時候，或者還可以記得十分清楚，但是到第二天早上，就什麼也想不起來了。

但是我卻可以肯定一點，那便是：如果我要再體驗一下那種怪異的感覺，那麼，我只要再伸手去碰碰那根柱子就可以了。

我深深地吸了一口氣，向殷伯揮了揮手：「這裏沒有你的事了，請你出去。」

殷伯雖然聽到了我的吩咐，可是他還是遲疑着不肯走出去。

我又道：「你出去，我要獨自一個人在這裏，在你出去的時候，請你將門關上。」

殷伯開始向外走去，但是當他來到門口的時候，他還是停了一停：「衛先生，你千萬不要去觸犯那神像……不然是不會有好結果的！」

我自己也不知道我何以會有那麼大的脾氣，因為我從來不是那麼大脾氣的人，我突然大聲呼喝道：「你出去，別來管我！」

殷伯給我突如其來的呼喝，嚇了一跳，連忙退了出去，將門關上，屋中只剩下我一個人了。

我又深深地吸了一口氣，我之所以一定要將殷伯趕出去，是因為我已知道了那根圓柱，的確有着一種奇異的力量之故。

我不想殷伯也知道這件事，因為那是超乎人的想像之外的，殷伯如果知道了之後，一定駭異莫名，不知會做出一些什麼事來！

我定定地望着那圓柱，又慢慢地伸出手去。

我那時的情形，就像是將手伸向一個明知有電的物體一樣，當我的手指，來到離那圓柱極近的時候，我要鼓起勇氣，然後才能碰到那圓柱。

和剛才一樣，我突然一震，有了一股極之奇異的感覺！

但由於這一次，我是有了準備的，和第一次那種突如其來之際的情形不同，所以我比較可以體味那種奇異之感。我感到在剎那間，我的思想，突然靈敏了起來，我想到了許多事。

雖然我的手指觸摸到那圓柱，仍然是極短的時間，但是在那短短的一剎間，我所想起的事，卻多得連我自己也吃驚。

用一句最簡單的話來說，就是我的思想或記憶，在那剎間突然變得靈敏了！

我呆了片刻，決定將我的手完全放上柱去。

我的動作十分緩慢，那是由於我心情緊張的緣故，因為我不知道在我將手全放了上去之後，會有什麼樣的怪異感覺產生。

等到我的手完全放到了那圓柱上之後，我突然有了一種被催眠的感覺，我感到我的人已不再站在那間房間的中心，而是在一個虛無飄渺的地方，是在一個十分難以捉摸的境界之中。

我也無法知道自己在那境界中幹什麼，我的腦中只是一片混沌，什麼也不能想，連我自己也不知道過了多久，突然，我聽到了一陣電話鈴聲。

那陣電話鈴聲，將我從那種失魂落魄的情形之中，拉了回來，我猛地一掙，轉過身來，剛才的一切，如同做了一場夢一樣。

而當我「醒」了過來之後，我已聽不到那陣電話鈴聲了，我略呆了一呆，連忙拉開了門。

我拉開了門之後，看到殷伯站在門口不遠處，我突然聽不到電話鈴聲，以為是殷伯已在接聽電話了，可是殷伯卻沒有，他站在那裏未曾動過。

我有點不滿：「殷伯，剛才電話響，你為什麼不去接聽？」

殷伯睜大了眼望着我，用一種大惑不解的神情道：「沒有啊，衛先生！」

我更是不滿：「什麼沒有，剛才我明明聽到的！」

我的確是聽到的，因為那陣電話鈴聲將我從如同被催眠的境界中驚醒過來的，我是實實在在，聽到那陣電話聲的，所以我才那樣責問他。

可是殷伯卻仍然堅持着：「沒有電話聲，真的沒有，很少人打電話來的！」

我還想再說什麼，但就在這時，電話鈴響了起來。

電話鈴聲，聽來全是一樣的，但這時，當我聽到了那一陣電話鈴聲之際，我全身都震了一震！

那電話鈴聲，我認得出來，就是我剛才聽到的那一陣，電話鈴一響，殷伯便走了過去接聽，那證明他的耳朵，一點也不聾。

那也就是說，他堅持說沒有聽到電話鈴聲，是真的沒有聽到。

而我，在將手按在圓柱上之際，卻又的確聽到了電話鈴聲！

唯一的解釋便是：當我聽到那一陣電話鈴聲之際，聲音是並不存在的，聲音直到現在才來，是在四分鐘或者五分鐘之後。

而我在五分鐘之前，便已聽到五分鐘之後的聲音。

我有了預知的能力！當我推斷到了這一點之際，我只感到全身都有一股極度的寒意！

我的預知能力是在當我的手扶住了那圓柱之際產生的，現在，當我離開那圓柱之際，我並不知道以後會發生什麼事，我也不知道那電話是誰打來的。

由此可知，那圓柱的確有着一種神奇的力量，使人可以有預知的能力！我還可以進一步說，當月圓之夜，那圓柱才會有這種神秘的力量產生！

剛才，我只不過是將手放在圓柱上，便有了那樣的結果，如果我將頭放上去的話，那我一定和霍景偉一樣了！

我心頭怦怦亂跳着，為了要證明我的論斷是不是正確，我連忙走進了房間中，再度將手放在那圓柱之上。而當我的手才一接觸到圓柱時，那種茫然的、難以形容的感覺，又發生了！

我只覺得在似真非真，似夢非夢的境界中，聽到了殷伯的聲音，殷伯在對我說：「衛先生，是你太太打來的電話，請你去聽！」

我陡地一怔，是白素打來的電話，我當然立即要去聽的，我連忙轉身走出。可是我才走出一步，我就呆住了。

房間中只有我一個人，殷伯並不在房間中！

但是剛才，殷伯的聲音，卻就在我的身前，殷伯決不可能在半秒鐘之內，就在我的跟前消失！那麼我剛才聽到的聲音是——

我才想到這裏，房門推開，殷伯向我走來，道：「衛先生，是你太太打來的電話，請你去聽。」

那就是我剛才聽到的話，現在我又一字不易地聽了一遍，而且正是殷伯所講的，而殷伯在講這全句話的時候，又恰好是在我身前！

事實上，殷伯只講了一次，但是我卻聽到了兩次！

在殷伯還未曾推門進來向我講話之際，我便已聽到了他的話，或者說，我便已知道了他要講什麼。

那是預知能力！

在那剎間，我心緒的煩亂，實在是難以形容的，但是我還是立時走了出去。

我來到電話邊，拿起電話：「素，是你麼？」

白素道：「是啊，你在什麼地方，在幹什麼？」

「你是怎知道這裏的電話？」我問。

「我知道你到律師事務所去，打電話去查問，律師事務所的人說你到一幢花園洋房去了，是他們將電話號碼告訴我的，究竟是怎麼一回事？」

「霍景偉將他的一幢別墅送了給我，我現在就在他的別墅之中，你有什麼事？」

「有三個人從歐洲來找你，說是霍景偉吩咐他們來見你的，你能立即回來麼？」

又是和霍景偉有關，我不知道那幾個是什麼人，但是可想而知，他們一定有相當重要的事！

是以我立時道：「我立即就來。」

我放下了電話，在那一剎間，我的心中，突然起了一股極度的好奇心。

我現在從電話中，知道有三個人來找我，是從歐洲來的，但是我卻不知道他們是什麼人，來找我究竟是為了做什麼？

然而，如果我將手放到那圓柱上去呢？我是不是可以知道他們的身分和他們來找我的目的？

這實在是一種十分難以遏制的衝動，好奇心是人的天性，如果我可以未曾見到他們三人之前，就知道他們的身分，和他們來找我的目的，那不是很有趣的事麼？

所以我立即向那圓柱走去，當我來到那圓柱旁邊的時候，我甚至絕不猶豫，立即將手按上了圓柱，那圓柱的神奇力量，實在是使人吃驚的，我像是被一種極大的旋轉力，轉出了房間……

我駕車疾駛，我回到了家中，我看到客廳中坐着三個客人，一個人是山羊鬍子的老者，另外一個中年人，神情十分嚴肅，還有一個，從他那種滿不在乎的神情看來，他像是法國人。

我向他們走去，那時候，我的心中還是記得，那是我預知的事，是現在還沒有發生的。

也不知為什麼緣故，當我一想到這一點時，我的好奇心突然消失了，我像是一個要在噩夢中掙扎醒來的人一樣，一面我還聽得那山羊鬍子在自我介紹道：「我是史都華教授！」另一方面，我的身子已在不斷搖動，終於，我猛地退出了一步，我的手已然離開了那圓柱，在感覺上，我「回」到了房間中，雖然我明知我其實是一直在房間中，根本未曾離開過。

我的呼吸變得十分急促，我匆匆走出了房間，將房門鎖上，駕車回家。當我走進我自己家的客廳時，我看到三個客人坐着。

我實在是第一次看到他們，但是他們對我來說，卻一點也不陌生。

我想向那山羊鬍子直衝過去，先叫出他的名字，他一定會十分驚訝，那麼事情和我預見的就有所不同了。但是我還未曾來得及照我想的那樣去做，史都華教授已站了起來，正如我所預見的那樣，他向我伸出手來：「我是史都華教授！」我忙道：「幸會，幸會！」

史都華又介紹其餘兩位，他指着那神情嚴肅的那個道：「這位是勒根醫生。」我又和勒根醫生握手，第三位果然是法國人，他是歇夫教授。

當我們重又坐下之後，史都華教授道：「我們四個人，有一個共同的特點，我們都認識霍景偉。」

我點頭道：「是的。」史都華道：「我們也都知道，霍有一種神奇的力量！」

我又點頭道：「是。」

史都華嘆了一聲道：「那其實是不可能的事，但是我們都知道那是事實：霍有預知能力！」

我第三次點頭。史都華道：「那也就是說，我們四個人之間，可以真正地就霍的事而交換意見，相互之間，不必存有什麼隔膜，你同意麼？」

我第四次點頭，表示同意。

史都華不再說什麼，望向歇夫教授，歇夫教授的話有着濃重的科西嘉島的口音：「我是一個研究玄學的人，我先得解釋一下，所謂玄學，其實一點也不『玄』，只不過是要弄明白一些還未曾有確切解釋的事情的一門科學而已。」

史都華進一步解釋道：「是的，例如在兩千年以前，人還不知為什麼會打雷閃電，那時如果有人在研究何以會有雷電，那麼他就是在研究玄學了！」

我讚賞地道：「說得好，這是對玄學的最好解釋！」

歐夫很高興：「所以，玄學的研究者，幾乎要具有各方面的知識，才能有研究的結果，我在開始的時候，研究鬼魂，但後來放棄，轉而研究預感，我曾搜集過許多有預感的例子……」

我打斷了他的話頭道：「教授，霍景偉的情形，不是預感，簡直是預知！」

「是，他的情形很特殊，但是清晰的預知，是從模糊的預感進一步衍化而來，我想你一定不反對我那樣的說法？」

我不表示反對，歐夫又道：「在每一個人的一生中，幾乎都有一次或一次以上的預感，預感到某一件事會發生，而大多數是不幸的事。有的預感，還十分強烈，世紀初，芝加哥大地震發生之前，就有好幾個人，有同樣的預感，當他們有預感的時候，還根本沒有發生地震！而一般來說，人在生物之中，還是預感能力最差的生物，有很多生物的預感能力比人更強。」

「你說得對，」我接口道：「但是，霍的預知能力，卻不是與生俱來的。」

「是，」史都華說：「但我們先要研究何以人會有預感，才能進一步去推測，是什麼力量，使得霍有了預知能力的。」

我沒有再出聲。

歇夫再道：「人何以會有預感，這實在是一個不可解釋的謎，我們必須將預感和心靈感應分開來，心靈感應固然微妙，但是可以解釋。」

第六部

超越光速的理論

我笑了起來，道：「心靈感應也不易解釋。」

歇夫道：「對，但我們可以將心靈感應歸諸於腦電波的作用。而心靈感應是在甲地發生一件事，乙地的某人知道了，腦電波是無線電波，無線電波的速度和光速近似，可以在一剎間傳到另一個人的腦中。當然細節不會那樣簡單，但總可以講得通。可是，預感卻不同，預感是對一件還未曾發生的事，有了感覺，那件事根本還未曾發生，如何能被人感到？」

歇夫的問題提了出來，我、史都華和勒根三人，都答不上來，默不作聲。

白素也在一旁聽我們的討論，這時，她忽然道：「歇夫教授，如果人在超越光速的速度中行進，那麼他就可以回到過去，或到達未來，超越了時間的限制，對不對？」

「理論上是那樣，」歇夫回答：「但是愛因斯坦卻已證明沒有東西可以超過光的速度，任何速度以光速為極限，超過光速，物體的重量會變成無窮大，那是一件絕不可能的事。」

「我想，我想，」白素遲疑着，她的神態和語氣都十分文靜，但是她所講的話，卻是驚人之極，她道：「我想愛因斯坦錯了！」

「愛因斯坦錯了？」我、勒根醫生和史都華教授三人，不約而同叫了起來。

白素的臉紅了起來，但是我從白素臉上的神情上可以看出來，她並不認為她自己講錯了，也就是說，她真認為愛因斯坦錯了！

在我們叫了一聲之後，歇夫突然站了起來，揮着手，神情嚴肅。

他大聲道：「各位，不要大驚小怪，我剛聽到了一個驚人的結論，在玄學之中，是可以允許任何驚人的、違反過去知識的結論的，夫人，請你繼續發表下去！」

白素的聲音仍然很鎮定：「愛因斯坦認為光是最快的，沒有比光更快的東西，我認為他錯了，因為我認為還有比光更快的。」

「那是什麼？」我們幾個人同聲問。

「是腦電波！」白素回答。

我們都不出聲，因為直到現在為止，人對於腦電波，可以說一無所知，

「腦電波」只不過是一個名詞而已。

「正因為腦電波比光快！」白素侃侃而談，「所以人的思想，才能超越時間，所以人才能有預知！不然，就無法解釋何以幾乎每一個人，一生之中都有過預感，預感是超越時間的，而只有超越光速，才能超越時間！」

白素的那一番話，令得我們四個人聽了之後，都無法反駁！

我們呆了足足有一分鐘，歇夫才叫了起來：「衛先生，你有一個了不起的太太！」

他一面叫，一面衝過去，張開雙臂，想去擁抱白素，史都華連忙將歇夫拉住：「歇夫，你不要以為世界上所有的人全是法國人！」

歇夫的雙臂仍張開着，他呆了一呆，才放下手臂來，但仍然嚷着：「太了不起，太了不起了！夫人，你的見解，解決了預感之謎！」

我皺起了眉，道：「教授，你那樣說，未免太過兒戲一些。」

「一點也不，」歇夫叫着：「除此以外，你還能解釋人為什麼有預感麼？」

我瞪大了眼，歇夫那樣問我，簡直是豈有此理。我自然不能解釋預感之謎。但是那也絕不能反證白素的見解是正確的！

我還未曾回答，史都華教授點頭道：「這是一個十分大膽的假定，但是科學的進步，都是從大膽的假定而來的。愛因斯坦自然是一個極偉大的科學家，但是時代不斷在進步，一定要有一天，打破愛因斯坦的結論，科學才能有更進步的發展！」

史都華教授的話，我倒是同意的。

白素翻了我一眼，像是在說別人都同意她的說法了，我反而不同意。

她又道：「由於霍景偉曾因預知有一次飛行失事而救過我，所以我曾思索過預知能力這件事。預知能力不是人人都有的，但是預感的經驗，卻人人都有，所以我認為腦電波比光快，可以超越時間，但是人的腦電波，一定十分微弱，預感都是十分模糊，不能肯定的。就是因為人類的腦電波力量太弱的緣故。」

各人都屏氣靜息地聽着。

我再也料不到在那樣的討論中，白素竟然會成了主要的發言人！

她頓了一頓，又道：「但是一定有一種力量，可以令得人的腦電波加強，如果腦電波像是無線電波，那麼，這種力量，就如同作用於無線電波信號擴大儀，霍景偉之所以有這種預知力……」

她才講到這裏，我已首先叫了起來：「『叢林之神』！」

我急急地道：「霍景偉將他的一所屋子給了我，『叢林之神』就在他那屋子中……」

我將我在那圓柱旁所發生的事，用十分簡單的話，敘述了一遍。

白素興奮地道：「我的猜想不錯了，那圓柱有一種力量，能使人的腦電波力量加強，所以才能使人清楚地知道未曾發生過的事！」

「夫人，」一直未曾開過口的勒根醫生這時開了口：「我是腦科專家，在人的腦子之中，其實沒有一個發射電波的組織！」

歇夫怪叫了起來：「醫生，你別希望在人腦中找到一座電台，你是腦科專家，你對人腦究竟知道多少，思想究竟自何產生？記憶儲藏在什麼地方？腦細胞的全部結構怎樣？每一個人的腦在結構上全是相同的，何以個人的思想互異？」

那一連串的問題，令得勒根面色發青！

勒根呆了半晌才道：「是，人類對腦的知識，實在太貧乏了！」

歇夫老實不客氣地道：「那麼就請你不要說腦中沒有發射電波的組織那樣的笑話！」

勒根點了點頭：「你說得對，教授。」

史都華已道：「衛先生，帶我們去看那圓柱。」

我站了起來，我的神情一定十分嚴肅，因為我看到其餘各人的神情，也同樣地嚴肅。

我們的神情嚴肅，是因為我們的心中，正想着一件可以說且還未曾有人想過的事。我們所想的是：有比光更快的速度，而那種速度，存在於人腦。而人的腦電波又可以因為某種力量的感染而達到十分強烈的地步，一到那地步，人就可以有清晰的預知能力！

想想看，如果那種神秘的感染力量普及了起來，每一個人都有預知力量之後，那將如何？

那可以說是人類的末日到了，因為在那種情形下，每一個人都失去了生活的興趣，人已超越了時間的限制，那不知變成什麼的怪物了！

那實在是一個無法再深想一層的事！

我站了起來之後。深深地吸了一口氣，然後道：「我可以帶你們去看那圓柱，各位也可以將手放在那圓柱之上，各位便可以獲得短暫的預知能力——今晚是月圓之夜，我已經試過了。但是，我想各位一定不會像霍景偉那樣將頭放在那圓柱上的。」

他們各人都呆了一呆：「不會的。」

我道：「好，請跟我來。」

我們一起走了出去，上了我的車子，等到我們又來到了那別墅的門前時，夜已很深了，我按了半分鐘喇叭，才將殷伯按醒，殷伯睡眼矇矓地開了門，車子直駛了進去，停在石階之前。

一分鐘之後，我們幾個人，已全在那圓柱之旁了。他們（包括白素在內），都還是第一次看到那圓柱，是以他們的臉上，都有一種十分奇異的神情。

他們繞着那圓柱，仔細地觀察着，口中則不斷地道：「太奇妙了，真太奇妙了！」

史都華教授首先抬起頭來：「讓我首先來試一試可好。」

歇夫忙道：「不，讓我先來！」

我皺了皺眉：「我們不應該像小孩子一樣地爭執，既然是史都華教授先提出，就讓他先試好了，教授，你將手輕輕放在圓柱上，你就會有那種神妙的感覺了，你不必放得太久！」

史都華點着頭，他伸出手，慢慢地向那圓柱之上，放了下去，他的神情和動作，都十分之莊嚴，真像是他在膜拜什麼神祇！

我們幾個人的神情也很緊張，一起望着史都華，只見他的手，終於按到了圓柱上，在他的手碰到圓柱之前的一剎那，他的動作十分異特，看來竟像是那圓柱之上，有一股極大的吸力，將他的手硬吸了過去一樣！

接着，在史都華教授的面上，便現出了一種極度怪異的神情。那種神情實在是難以形容的，不像笑也不像哭，和在沙漠之中，因為缺乏水分而渴死的人，臨死之際面上所起的抽搐差不了多少。

我知道他那時候的感覺，因為我曾經歷過，他那時候，一定如同踏在雲端上一般，他可以親眼「看」到一些事，「聽」到一些聲音，而那些聲音，全是現在且還未曾發生，但是將會發生的。

我們自然無法知道他預見了一些什麼，我們每一個人都屏住了氣息，房間中靜到了極點，甚至可以聽到各人腕上手表行走的「滴答」聲。

我們看到，史都華面上的神情，突然之間，他大喝了一聲，身子陡地一震，他的手，也在那一剎間，離開了那圓柱。

當他的手才一離開圓柱的一剎間，他仍然是茫然的，但是隨即，他顯然已完全清醒過來了。

我忙問：「教授，你見到了什麼？」

但是史都華教授卻並不回答我，他只是望定了歇夫，歇夫的行動也十分異特，只見他像犯了罪的人一樣，怕被別人逼視，他向後退去。

史都華已厲聲罵了起來：「歇夫，你是一個卑鄙的臭賊，你——」

他陡地揮起拳來，重重的一拳，打在歇夫的臉上，那一拳的去勢十分沉重，打得歇夫整個人都跌在地上，但是史都華的餘怒未息，又趕了過去，重重地在他的身上，踢了一腳。

那一剎間發生的事，實在是令得我們每一個人，都感到莫名其妙的。我和勒根醫生兩人，根本還來不及喝止，歇夫已在地上一個翻身，隨着他的翻身，更驚人的事出現了，他的手中，已握定了一柄槍。

他近乎瘋狂地叫道：「你們都別動，別以為我不會開槍，你們都別動！」

史都華教授卻全然不聽警告，仍然向前衝了過去，歇夫一面後退，一面連發了三槍。

那三槍將史都華的身子射得砰地倒在地上，他的身子在地上滾了幾滾，勉力撐了起來，但是立即又跌倒。我們的耳朵剛被槍聲震得喪失了聽覺之後，恢復了聽的能力，就聽得史都華教授道：「這……就是我剛才看到的……我看到……歇夫……殺了我！」

鮮血自他的口角湧出，他才講完這一句，就沒有了聲音！

史都華死了！

我連忙踏前一步，但是我的身子才一動，歇夫便已怪叫了起來：「別動，誰都別動！」

歇夫剛才已射死了史都華，他不會在乎多殺一個人的，在那樣的情形之下，我自然只好站立不動。勒根醫生問道：「歇夫，你為什麼？你為什麼那樣做？」

歇夫面上的肌肉扭曲着：「那圓柱能使人有預知能力，我要有預知能力！」

我道：「霍景偉就是有預知能力而死的。」

歇夫叫道：「那是他，只有他這種蠢才，在有了偉大的預知能力之後，還會感到痛苦，我和他不同，我有預知能力，就等於有了一切，我會有金錢，有權力，要什麼有什麼！」

我竭力使我的聲音保持平靜：「歇夫教授，那是你還未曾有預知能力時的想法，當你有了預知能力之後，你就會知道，這種想法，全然錯了！」

歇夫怒道，「胡說，你再要多口，我立即就殺了你，住口！」

他手中的槍對準了我，我還想說什麼，但是白素連忙拉了拉我的衣袖，示意我別再激怒他。

我實在沒有法子不苦笑！

我帶他們來看那圓柱，卻會有那樣的結果，這實在是我所料不到的！

我心想，有預知的能力，終究還是好的，如果我早知會發生那樣的事，那麼我可以不帶他們來這裏，史都華教授或者可以不必送命了。

但是我又想到，史都華教授不是已在那圓柱上獲得了神秘的預知能力，知道歇夫會殺死他的了麼？但是那又有什麼用？他還不是一樣逃不脫死亡？

我的心中十分亂，實在不知該怎樣做才好。

歇夫卻在這時，又大聲吼叫了起來：「你們別站着不動，衛太太，你過來。」

我一聽他叫白素過去，便陡地一怔，喝道：「歇夫，你想做什麼？」

「我要你太太做人質，那樣，你們兩人就肯為我做事了，過來。」

白素望着我，我向她點了點頭，白素向他走了過去，歇夫伸手去抓白素的手臂。

看他的樣子，像是想將白素的手臂抓住，將她的手臂反扭過來，那麼他就可以威脅我們，至少是威脅我做任何事情了。

可是，這個心懷不軌的法國人歇夫，卻犯了一個極大的錯誤。他不知道白素的來歷，而他又被白素看來十分纖弱的外表迷惑住了。他做夢也想不到白素的中國武術造詣之高是數一數二的，他更不知道白素是中國幫會史上第一奇人白老大的女兒！

所以，就在他的手才一碰到白素的手臂之際，白素的手臂，突然一翻，已抓住了他的手腕，緊接着，白素手臂一帶，已將歇夫整個人都拋了起來！

歇夫連開了兩槍，但是他那兩槍，一槍射到了地板上，另一槍，卻正射在那圓柱之上。

歇夫整個人重重地摔在地上，我立時趕過去，但是事實上根本不必我趕過去，白素已完成一切了。

就在他重重地跌在地上之際，白素一腳踏住了他的右腕，另一腳又重重地踹在他的面門之上，令得歇夫怪聲呼叫了起來。

我所要做的事，只不過是過去將那柄手槍，從歇夫的手中接過來而已。

我聽得勒根醫生鬆了一口氣，我將手槍在手中拋了一拋：「你早就說過，我有一位了不起的太太，現在你的話已得到了證明。」

白素後退了幾步，歇夫在地上掙扎着，站了起來，他抹着口邊的血，喘着氣：「你們準備將我怎麼樣？」我冷冷地道：「自然是通知警方。」

歇夫叫了起來：「傻瓜，如果你通知警方，那你們是世界上最大的傻瓜！聽我說，聽我的計劃去做，照我的計劃去做，我們都可以成為世界上最有錢的人，最有權力的人！」

他叫得聲音也有點發啞了，但是我、勒根和白素三人，卻只是冷冷地望着他。

歇夫喘氣喘得更是急促，他指着那圓柱：「你們聽着，那東西可以使我們有預知能力，我們可以預知一切，我們是世上最超特的人！」

勒根醫生緩緩地道：「歇夫，霍便曾經是一個超特的人，但是他卻陷於極度的痛苦之中！」

「他是傻瓜，你們全是傻瓜！」歇夫瘋狂一般，向那圓柱撲去，他雙手緊緊地抱住那圓柱，將他的頭，緊貼在那圓柱頂上凹下去的地方，他的臉整個埋了進去。

他那種突如其來的舉動，令得我們都陡地一呆，白素叫道：「快拉開他！」我和勒根立時走向前去。

但是，他抱得如此之緊，我們一時之間也拉不開他，我剛想用力在他的後腦之上，擊上一掌時，歇夫已經怪聲叫了起來。

他那種怪叫聲，是如此之淒厲，令得我和勒根兩人，都嚇了一大跳，我們一起向後退了開去。

歇夫也在那時，站了起來。

我們一起向他看去，也都不禁呆了。

我從來也未曾見過一個人，臉色是如此之難看，而且雙眼之中，現出如此可怖的神色來的。

他一面搖着手，一面退着開去，口中發出一種十分怪異的聲音來。

我們都不知道他為什麼突然之間會變得那樣，但我們也都知道，他看到了什麼，他也有了預知能力，而他所知道的事，一定是極其可怖的。我們都不出聲，等着看他進一步的動作，只見他的身子緊緊靠着牆，縮成一團，看來他正在忍受着一種難以形容的痛苦！

我一直只以為有毒癮的人，在毒癮發作之際的神情是最痛苦的，但是現在歇夫的神情，顯然更要痛苦得多，他的身子竭力在縮着，縮成了一團。

過了好久，他才又慢慢站直身子，他口中叫出的聲音，也可以使人聽出是叫些什麼了，他在叫着：「不要，不要送我進去！」

我們三人互望了一眼，我問道：「歇夫，他們要送你到哪裏去？」

我才一問，歇夫便突然住了口，他望着我們，然後用手掩住了臉，我們不但看到他的肩頭在不住地抽搐，而且還聽得他發出了一種絕望的哭聲！

他哭得如此淒厲，以致我們三個人，在聽到了他的哭聲之後，都有一種毛髮直豎之感。

我大踏步走向前去，拉開了他遮住面的手，大聲喝道：「說！他們要送你到什麼地方去！」

歇夫的雙眼圓睜着，尖聲叫道：「電椅，他們要送我去坐電椅！」

一聽到歇夫那樣的尖叫聲，我、勒根和白素三個人，全呆住了。我們也知道歇夫為什麼會有那樣痛苦的神情和那樣淒厲的哭聲了！

那是因為當他抱住圓柱，將頭放在圓柱上的時候，他已有了預知能力，他預知了自己的死亡！

那情形和史都華教授是一樣的，史都華教授在將手放在那圓柱上的時候，看到了歇夫會殺死他，而歇夫此際所看到的，則是他被執刑人員拉進了行刑室。

這當然是很久以後的事，至少是幾個月之後，但歇夫有了預知能力，他已經知道了！

被判死刑的人，在臨刑之前，自然是極其痛苦的一剎那，但是即使一個罪大惡極的人，也只能死一次，所受的痛苦，也只是一次而已。

然而歇夫卻不同，歇夫已經預知了他自己會被送上電椅，他已嘗到了那一剎間的極度的痛苦，而且，在他直被送上電椅之前，這種極度的痛苦，還會不斷地反覆折磨他的心靈！

這便是有了預知能力的結果！

我敢說，這時候的歇夫，一定再也不想有什麼預知能力了，而那正是我剛才勸他的，他卻不肯聽，而且，他還因此而謀殺了史都華教授！

歇夫縮在屋子的一角，他的樣子，使人聯想起一頭偷吃了東西，而被主人抽了一鞭，因而縮在一角，痛得發抖的猴子。

我嘆了一聲：「我們該通知警方了，史都華教授是十分著名的人物，他死在這裏，事情是決不能不通過警方而了結的！」

勒根醫生點了點頭，白素已走出去打電話。

我和勒根醫生仍然看守着歇夫，我們也不時向那圓柱看一眼。

但是那時，我和勒根醫生望向那圓柱之際，眼光之中，卻已是厭惡多過好奇！

那圓柱的確可以給予人預知能力，但是到現在為止，還沒有一個人，因獲得了預知力而有什麼好結果的，唯一獲益的人，可能只有我一個人：白素由於霍景偉的通知，而逃過了飛機失事。

白素又走了進來：「警方人員立即就到，吩咐我們不可離開。」

勒根醫生忽然道：「警方人員來了，我們是不是要提及有關那圓柱的事？」

我皺着眉：「最好不要提，因為這是提起來也不會有人相信的事。」

勒根點着頭，立時向屋角處的歇夫望去。

我知道他的意思了，我向歇夫走了過去，來到了他的面前，叫了他一聲。

歇夫抬起頭來望着我，我道：「歇夫，你是看到自己會上電椅的了，是不是？」

歐夫喘着氣，並沒有回答我，也沒有點頭，可是他臉上的神情，卻已等於在回答我了！

我又道：「那是不可改變的事實，是未來要發生的事情，那是你自作自受的結果，你也根本不必打什麼主意來為自己辯護了，我們也都會在法庭上作證，證明你殺死了史都華教授！」

我的意思是，也不想歐夫講出有關那「叢林之神」的事情。

第七部

專家研究毫無結果

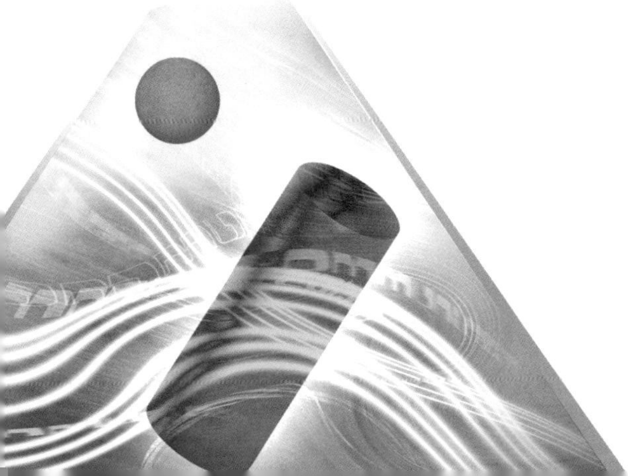

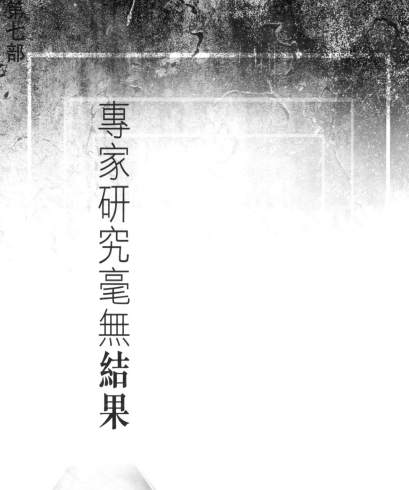

但是，歇夫還未曾回答我，警方人員便已經趕到了。警方人員一到之後，我幾乎沒有機會和歇夫說什麼話，因為歇夫已被警方人員包圍了。

我們一起到了警局，一直到天明才能離開。接下來的日子，我們忙於上庭作證，忙於向警方叙述當時的情形，我和勒根都提到了「叢林之神」，但是我們未曾說及那圓柱確然有能使人預知未來的能力。

我們只是說，那是霍景偉從南美洲帶回來的一種當地邪教信奉的圖騰，據說那圖騰有使人預知未來的力量，史都華和歇夫的爭執，就因此而起。

那根神奇的圓柱，也被帶到法庭去作證物，兇案的審訊十分轟動，每次開庭，法庭之中都擠滿了人，但是我看得出，根本沒有人相信那圓柱會有那種神奇的力量。

經過了一個多月，陪審員才最後退庭研究，一致裁定歇夫的謀殺罪成立。

而在整個審訊過程中，歇夫根本沒有說什麼話，他早已知道了自己的結局，還有什麼可說的？

歇夫是被送往行刑室處死的，我和勒根在他臨行刑前，都去見他最後一面。

歇夫已經全然不是我第一次見到他時的那個風流瀟灑的法國教授了，他變得和一具骷髏差不了多少。

而當他被帶往行刑室之際，他又高聲叫起來：「不要，不要拖我進去！」他不斷地叫着，他的叫聲，和一個多月之前，在那幢別墅的房間中發出來的叫聲一樣。我和勒根兩人，都起了一種不寒而慄之感。我們急急地離開了監獄之後，勒根醫生忽然站定了身子，問我道：「衛先生，案子已審完了，你應該可以領回那『叢林之神』來！」

我點頭道：「是的，我可以將它領回，我也正在考慮，領回來之後，如何處置那東西。」

勒根醫生突如其來地高叫了一聲：「將它毀掉，我說將它毀掉！」

和勒根先生相處近兩個月，我已深知勒根醫生決不是一個容易衝動的人，但是此際他的神情，卻是十分衝動，他還大聲問我：「你捨不得麼？」

我搖着頭：「我不是捨不得，而是很難有辦法將那東西毀掉，你記得麼？歇夫在亂射槍時，曾有一粒子彈射中那圓柱的。」

「是，我記得。」

「事後，我曾察看那圓柱，柱上一點痕迹也沒有。你明白我的意思沒有？要毀掉那圓柱，絕不是一件容易的事情，不是我不捨得。」

勒根醫生揮着手：「將它抛到海中去，將它埋到地下去，總之，別再讓人看到它！」

我道：「好的，我接受你的勸告，你可以和我一起去進行。」

「不，我要回歐洲去了，而且，我再也不願見到那倒霉的東西了，再見了！」勒根醫生伸出手來，和我握了一握，便大步走過對面馬路，伸手截住一輛街車，上了車遠去了。

我自然明白勒根醫生的心情不怎麼好過，因為他們是三個人一起從歐洲來的，而只有他一個人回去。而且，在這裏發生的事，幾乎是不可思議的，一眼看來只是外表平滑，並沒有任何出奇之處的一根圓柱，竟會使人有預知能力！

第二天，我和白素一齊，在警方人員的手中，領回了那根圓柱，然後，回到了那別墅之中。

自命案發生之後，我說什麼也留不住殷伯，是以在那近兩個月的時間中，別墅一直沒有人打理。美麗的別墅就像是美麗的女人一樣，一天不修飾，美麗就會損減一分。此時，我停了車，推開鐵門，看來草地上雜草叢生，我就不禁嘆了一聲。

我將車子緩緩駛了進去，和白素兩人下了車，白素看到了眼前的情形，也不禁嘆了一口氣。

白素道：「看來，那……『叢林之神』，實在是不祥之物，至少已有三個人因它而死了，勒根醫生的話是對的，將它拋到海中去算了。」

我走過去打開了門，屋中的一切，都蒙上了一層塵，我道：「可是我們還未曾明白何以那樣的一根圓柱，會有如此的力量。」

白素來到了我的面前：「你不覺得這個問題不是我們的知識所能解答的麼？」

我握住了她的手：「我還想試一試，再過一個月圓之夜，才讓我決定是不是將之棄去，好麼？」

白素的面色，在剎那之間，變得蒼白起來。

女人終究是女人，白素敢於聲言愛因斯坦錯了，但是她仍然是女人，因為她相信祥和不祥的兆頭，她連忙搖頭：「別再試了，你已經證明了那絕不是什麼好東西了，不是麼，還試它作什麼？」

我笑了起來：「可是我們仍然要找出一個道理來，為什麼會那樣？」

白素又道：「想想史都華和歇夫，你該知道，那東西不會為人帶來什麼好結果。」

我仍然堅持着：「但是我還是要再試一試，我只不過是將手放在圓柱上而已。」

白素發脾氣了，自從我們結婚以來，我還是第一次看到她發脾氣，她斬釘截鐵地道：「不行！」

她說得如此之堅決，我如果再堅持下去，那麼一定要變成吵架了，所以我攤了攤手：「好，好，那我就不試，但是我卻想設法將那圓柱拆開來——我的意思是割開來看看，其中究竟有什麼！」

白素皺着眉：「最好不要去研究它，將它拋進海中算了！」

我高舉着手，半認真半開玩笑地道：「我反對！」

白素望了我半晌，才道：「你説過，這東西要在月圓之夜，才有那種神秘的力量？」

「是的。」

「那好，今晚你和我回去，從明天起，你可以研究這圓柱，你有二十八天的時間去研究它，到下一次月圓之前一夜，我要親眼看到它被毀滅！」

我苦笑着：「你為什麼那麼恨它？它至少救過你的性命！」

白素嘆了一聲：「這圓柱是超時代的，它所產生的力量，我們這個時代的人類還沒有足夠的智慧去解釋它，所以你還是別去碰它的好，除非你想做一個和時代完全脱節的人。你該知道，和時代脱節，是一件十分痛苦的事，不論是落後時代也好，超越時代也好，總之是極度痛苦的！」

我並沒有再説什麼，因為我完全同意白素的話，她説得十分有理！

白素在講完之後，又補充了一句：「而我卻不想你痛苦！」

我握住了她的手。我們一起離開了那間房，離開之際，我並且鎖上了門，然後，我們一起回到家中，那表示我已經完全同意白素的提議了。

第二天，我和一家設備良好的金屬工廠聯絡好了，我告訴他們，我有一段金屬，要將之切割開來，在切割的過程中，我要在旁邊。

本來，一般的工廠，是決計不會接受那樣任務的。但是這家工廠的總工程師和實驗室主任，全是我的朋友。所以他們便答應了下來，約定了我將需要切割的金屬運進廠去的時間。

我又來到了那別墅之中，當我來到那圓柱之旁時，我第一件事，便是立即將手放在圓柱之上。但是一點反應也沒有。

我獨自搬動着那圓柱，在約定的時間之前幾分鐘，將之送到了工廠，總工程師已經全佈置好了，那位總工程師是金相學的專家，當他看到了那圓柱之後，伸手摸了摸，又用手指扣了扣。

然後，他抬起頭來望我，他的面色之中，充滿了疑惑：「這是什麼合金？」

我反問道：「你看呢？」

他搖頭道：「我看不出來，好像其中有鎳，但是我卻也不能肯定。」

我只得道：「我也不知道，所以我想將它切開來，看個究竟。」

總工程師十分有興趣：「先去試驗它的硬度，準備高速的切割機，讓我來親自操作。」

那時，實驗室主任也來了，幾個工人將圓柱搬到了實驗室中，我也跟了進去。主任拿了硬度試驗的儀器來，那儀器連同一個高速旋轉的鑽頭。主任拿着鑽頭，在圓柱上鑽去。

他接連換了好幾個鑽頭。在十五分鐘之後，他抹着汗，搖了搖頭：「你們全看到了！」

我們的確是全看到了，我們看到的是：鑽頭在那圓柱上，沒有留下任何痕迹。

總工程師皺着眉，但是我卻有點不明白，我道：「那是什麼意思？」

主任解釋道：「所有的物質，硬度是以數字來表示的，那便是從一到十。

鑽石的硬度是十，剛玉的硬度是九點六等等，可是現在，這種……金屬的硬度超過十，我們不知它的硬度是多少，只知它超過十！」

總工程師轉過頭來看我：「你是從哪裏弄來這玩意兒的？」

我嘆了一聲：「這東西的來歷十分古怪，它是從南美洲蠻荒之地的一個叢林之中來的。」

從總工程師和主任兩人臉上的神情看來，就像當我是「吹牛俱樂部」中「吹牛冠軍獎」獲得者一樣，雖然我所說的是實話。

我忙又問道：「那麼，你的意思是，我們無法將之切割得開來？」

「絕對不能，即使用整塊的鑽石做刀，也不行，因為它的硬度在鑽石之上！」

「那麼，或者可以將它熔開來？」我問。

「或者可以！」他們兩人一起回答：「我們不妨試上一試。」

他又下了一連串的命令，那圓柱在十五分鐘之後，被推到了一隻熔爐之前，那熔爐的溫度，最高可以達到攝氏五千度。

爐門打開之後，圓柱送了進去，由於世界上還沒有可以耐那樣高溫的透明物體，所以爐中的情形，在溫度加到了最高的時候，是看不到的。當溫度到達五千度之後十分鐘，總工程師下令，減低溫度。

實驗室主任道：「如果那種金屬能夠耐得住如此的高溫而不熔的話，簡直就是奇蹟了。」

我苦笑着，並沒有說什麼。

半小時之後，將門打開，鐵鈎伸進去，將那圓柱帶了出來，那圓柱甚至連表面的顏色都未曾起任何的變化！而一般金屬，在經過高溫處理之後，就算不熔化，表面的顏色總會起變化的！

總工程師和實驗室主任的臉上，現出怪異莫名的神色來，望着那圓柱，他們又測量那圓柱此時的溫度，證明那圓柱的溫度極高。

總工程師下令技工將那圓柱冷卻，然後，他轉過頭來，對我苦笑道：「這究竟是什麼？我從來也未曾見過那樣的合金！」

我問道：「你肯定那是合金？」

「自然，在已知的金屬元素中，沒有一種金屬是具有那樣硬度，而又能耐如此高溫的。」

我沒有再説什麼，因為在這家工廠中，如果不能將那圓柱切割開來，那就是説，世界上任何地方，都將之無可奈何的了！

我在沉默着不出聲的時候，實驗室主任抬高了頭（他是一個很矮小的人），向總工程師道：「在那樣的高溫下，它都不起變化，我真不明白，它是如何被鑄成為圓柱形的呢？」

總工程師苦笑着：「整件事，就像是在開玩笑一樣，我也一樣不明白。」

我跟着苦笑：「真的是開玩笑，是開人類科學的大玩笑。」

他們兩人都不明白：「什麼意思？」

我道：「我的意思是，那圓柱根本不是地球上的東西，是從外太空來的。」

他們一聽，先笑了起來：「你又來了！」

他們是我的朋友，自然也常聽我説起一些怪誕而不可思議的遭遇，所以他們那樣說，乃是一種自然而然的反應。但是他們的笑容卻突然斂起了。

因為事實擺在他們的面前，那圓柱的確不是他們所知道的地球上的任何金屬！

總工程師將我請到他的辦公室中，在他的辦公室中，他命助手查閱着各種參考書，又和各地的冶金專家，通着長途電話。

我在他的辦公室中，足等了三小時之久，他才完成了和幾位專家的通話。他放下了電話：「世界上第一流的專家，都認為不可能有那樣的合金，你可以將那圓柱留在我們這裏，等他們趕來研究麼？」

「可以的，」我立即答應：「但是我只能給你二十八天的時間，到第二十九天，我一定要收回來。」

「那不成問題，時間足夠了！」總工程師也未曾問我究竟為什麼限期二十八天。當然，就算他問我，我也不會回答的。

我和他們告辭，回到了家中。

在接下來的幾天中，我每天和這位總工程師通一次電話。我知道，幾個專家，正從世界各地趕來，研究那圓柱；他們連日來廢寢忘食，想研究出一個究竟來。而各種最新的儀器，也源源運到。

一直到第二十天頭上，我才接到了總工程師的電話，叫我立即到他工廠的實驗室中去。

我立時出門，趕到了那家工廠。當我走進實驗室的時候，我看到那圓柱橫放在桌子上，七八個人圍住了它。

有一具儀器，放在圓柱的旁邊，那儀器正在發出一種嗡嗡的聲響。

總工程師一見到我，就站了起來，道：「你來了，我們一直研究到今天，才有了一點發現，那圓柱──那金屬會產生一種波。」

「什麼波？」我望着那儀器。

「好像是無線電波，但是那種波的幅度十分大，震盪的頻率十分怪異，我們的儀器還測不出，我們也不知道何以它能夠產生那種類如無線電波似的波。」總工程師向我解釋着。

我早已明白那圓柱會產生一種波，而且，我還知道這種波，絕不是無線電波，而是速度比無線電波更快，超越了光速和無線電波速的另一種「電波」。那種波，和人的「腦電波」相類似。至少，它們之間，能相互起感應作用，這種波能加強腦電波的作用！

而每當將近月圓時分，圓柱所產生的那種波，便漸漸強烈，那自然可能和月球磁場的加強有關。又或者，在每月月圓的時候，恰好是在遙遠的外太空，某一星球上這種波的感應最強的時候，所以圓柱在月圓之夜，就產生了那種神奇的力量！

當然，我所想到的這一切，對我來說，還全是十分模糊的概念。

我甚至無法用比較有條理的話來表達我這種概念，因為這種概念是超越時代的。我們這個時代，還沒有適當的語言，可以表達這種概念。例如我只能說「這種波」，而說不出那究竟是什麼來。我也只能襲用「腦電波」這個名詞，而實際上，「腦電波」可能根本不是電波的一種，可能根本不屬於電波的範疇之內。我呆了好一會，才問道：「那麼，這究竟是什麼金屬，肯定了沒有？」

總工程師搖着頭：「沒有，但是我們曾用金屬透視儀透視過它的內部。它的內部，有另外不同成分的金屬在，對探視波的反應不同，但是我們同樣沒有法子知道那是什麼。」

我苦笑了一下：「那等於沒有結論了！」

總工程師道：「是的，暫時沒有結論，但是繼續研究下去，就會有的。」

我道：「可是你們只有八天時間了！」

總工程師道：「那不行，你得長期供我們研究下去，你也想弄明白它是什麼的，對麼？」

我搖着頭：「不，絕對只有八天，在第二十八天，我一定要收回它。」

「為什麼？」總工程師訝異地問。

「當然有原因，但是我不能說。」

總工程師現出很失望的神色來，他向各人表示了我的意見，各人都望定了我。我只得道：「很抱歉，真的，我有很特殊的理由，但是又不能和各位說明，在八天之後，我一定要收回那圓柱，一定要。」

我最後那「一定要」三字，講得十分大聲，那表示我的決心。

一個人問我：「請問，你準備將它怎麼樣？」

「很抱歉，我不能告訴你們，實在不能。」我不準備再在實驗室中多耽下去，因為我怕我自己會受不住別人的哀求而改變主意。

我自然知道，如果我改變主意的話，那麼將會有一連串可怕的事發生。

任何人，對於有預知力一事，都有極大的慾望，幾乎人人都想自己成為一個先知，知道還未曾發生，而又肯定會發生的事。

但是事實上，當人有了預知力之後，卻是一件十分痛苦的事，這一點，是任何想自己具有預知能力的人所想不到的。

霍景偉未曾想到，歇夫也未曾想到，他們都想有預知能力，但他們在有了預知能力之後，卻在極度的痛苦之中死去，霍景偉更似乎是有意追尋死亡的！

我已可以肯定地說一句，人活着，有活下去的興趣，就是因為所有的人，根本無法知道下一分鐘，會發生什麼事，生活的樂趣來自未知，而不是來自已知！

如果我不在下一次月圓之前，收回那圓柱，那麼必然要有很多人被我所害，而我又決不能在事前向他們說明一切，如果我說了，很多人將會因為想獲得預知力而犯罪，像歐夫教授一樣。

我轉身走出了實驗室，我還聽到，在我的背後，響起了一片感到遺憾的嘆息聲。

我回到了家中，將一切情形，和白素說了一遍，白素皺着眉：「那麼，那東西真的不是屬於地球上的了，它是怎麼來的？」

我搖了搖頭：「誰知道，整個宇宙之中，那麼多星星，窮一個人的一生之力，也不能夠數得盡，怎有辦法去探索它們？我們甚至不知道它是什麼時候到達地球的，可能它已來了幾十萬年，它可能是由星球人帶來的，也可能只是儀器發射出來的，我也無法知道它的作用，但是卻可以肯定，它發出來的波，和人的腦電波，是完全相同，而且能產生感應的。」

白素點着頭：「宇宙中的一切太神奇了。」

我搖着頭：「其實，地球上的人，根本還沒有資格去談論宇宙的秘奧。想想看，我們連對於自己本身的了解尚且如此膚淺，世界上有什麼人能夠回答

『腦電波是什麼』這個問題？」

白素站了起來，來回踱着步：「也沒有人能切實解釋何以人會有預感，甚至沒有人能解釋得出，何以人會有心靈感應。」

我握住了白素的手：「人類的科學實在太落後了，被奉為科學先聖的愛因斯坦說光速是最高的，於是一切科學，皆以他這句話為基礎，看來人類的科學要向前大大邁進一步，至少得證明愛因斯坦的理論，並不是絕對的真理才行！」

白素向我笑了一下：「如果真有那麼一天，那我們就是先知先覺了！」

八天之後，我如約取回了那圓柱。

我向友人借了一艘性能十分良好的遊艇，和白素一起，駛出海，我們駛得十分遠，到了完全看不到岸的時候，我們才合力抱起了那圓柱，將之拋進了海中。

當海水濺起老高的水花之後，那圓柱便沉了下去，轉眼之間，就看不見了，我們趁機在海上玩了一天，到天黑了才回家。等到回到家中，推開窗子，抬頭看去，月又圓了，圓得極其美麗、可愛，想起我們已拋棄了那圓柱，我和白素兩人，都有說不出的輕鬆！

（全文完）

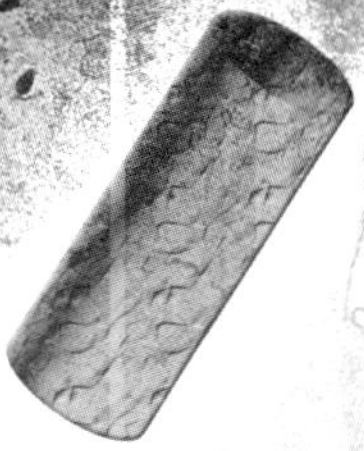

風水

第一部

多年前的一宗事

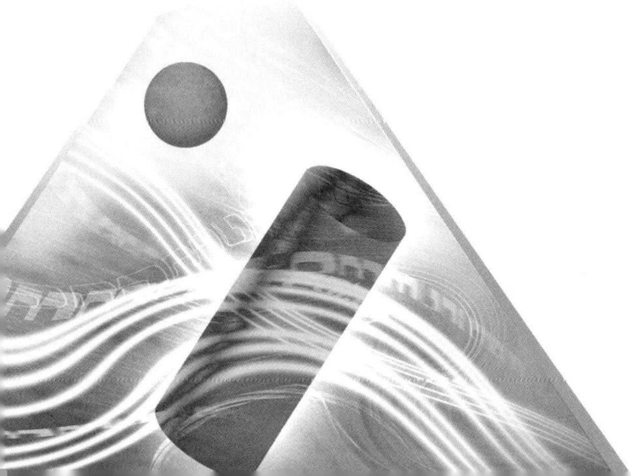

各位千萬要記得，小說就是小說，不論小說的作者，寫得多麼活龍活現，煞有介事，但小說一定是小說，絕不會是事實。

記得這一點，再來看《風水》這篇小說，那就好得多了，就不必去追究這件事是發生在什麼時代，什麼地方，更不必花腦筋去追究小說中的人物，是不是真有其人，真有其事了。

天氣很好，四頂山轎，在叢山環抱的小路中，不急不徐地前進着。

山中的「轎子」，其實就是軟兜，坐在軟兜上的人，可以互相交談，那四頂軟兜，兩前兩後，在前面兩頂中坐着的，是一男一女，都已有五十開外的年紀了，從他們的衣著、神情看來，他們顯然全是富有的人。

而在後面的那兩個人，都是四十上下年紀，一個白淨面皮，一表斯文，穿着一件綢衫，另一個，樣子卻說不出來的古怪，細眉細眼，五官像是攢在一起，一件藍竹布長衫，已洗得發白了。

坐在前面軟兜的那男子，不住轉過頭來問着：「兩位看這一帶怎麼樣？」

那兩個人，都緊皺着眉，一聲不出，他們像是根本未曾聽到那人的問話，只是留心地四面張望着。藍天白雲，襯着碧綠的山巒，在山腳下，還有一條水如碧玉的河流流過，這裏的確是風景極其秀麗的地方。

但是，這四個人，卻並不是為了欣賞風景而來的，他們是來看風水、找墳地的。

前面的一男一女，是一雙夫婦，他們是縣中的首富，經商租田，富甲一方，提起河西山地的李家，無人不知。李家在縣中的大屋，和河西的數百頃良田，全是遠近知名的，現在，向前望去，連綿幾座山頭，也全是河西李家的產業。

李家傳到了李恩業這一代，半農半商，更是財源廣進，李恩業的父親，死了兩天，因為沒有找到理想的墳地，是以未曾下葬。

而在後面兩個軟兜中的那兩個人，那容貌古怪的叫楊子兵，一表斯文的那個，叫容百宜，兩人都是省城著名的堪輿師，是李恩業特地從省城重金禮聘前來的，軟兜抬着他們四人，已經走了一個上午，可是那兩位花了幾百元大洋請來的堪輿師，卻一句話也未曾說過。

李恩業已經很不耐煩了，他不斷地回過頭來發問，在他看來，那兩個著名的風水先生，如果老是不開口的話，那麼他就白費了那筆錢了。

軟兜繼續向前抬着，突然之間，兩個風水先生一齊叫道：「向左拐！」

李恩業一聽得他們開了金口，喜不自勝，忙道：「向左拐，向左拐！」

軟兜穿過了一片竹林，到了一個小山坡上，兩位風水先生又齊聲叫道：「停！」

抬軟兜的八名壯漢，一起停了下來，兩位堪輿師，楊子兵和容百宜，一起跨出軟兜，掀開了他們一直捧在手中的羅盤上的布，仔細地查勘起來。

李恩業夫婦抹着汗，在一旁等着，看到兩位風水先生的神情，如此莊重、嚴肅，他們就是心急想問，也不好意思開口了。

幾個抬軟兜的壯漢，早已在地上坐了下來。他們足足抽了三袋旱煙，才看到容百宜和楊子兵兩人，吐了一口氣，抬起頭來。

他們抬起頭來之後，容百宜道：「楊翁，你先說！」

楊子兵卻道：「容翁，你先說！」

李恩業實在有點不耐煩了，他聽得兩人還在客氣，忙插口道：「兩位全是名家，誰説也是一樣的！」

楊子兵一笑：「看來我和容翁所見相同，容翁，你説可是？」

容百宜道：「正是！」

李恩業急道：「這裏究竟怎麼樣啊？」

楊子兵咳嗽了一聲，道：「這裏喚着鯨吞地，山谷對河川，盡得地利，俯視百源，上仰四方，東南兩邊隱隱含有紫氣蘊現……」

楊子兵才講到這裏，李恩業已是歡喜得手舞足蹈，在一旁的李夫人也插嘴道：「要是先人葬在這裏，後代又會怎樣？」

容百宜道：「鯨吞鯨吞，顧名思義，財如水湧盡入我口，而且綿綿不絕，子孫享用無窮！」

楊子兵也道：「這是罕見的佳穴，頭東腳西，李翁可不必猶豫了！」

李恩業的高興，這時卻像是打了一個折扣，他支吾了一下：「還求兩位再到別地去查勘一下。」

楊子兵奇道：「李翁，夫復何求？」

李恩業有點不好意思地笑了一下：「兩位莫笑我貪心，論財，李家不是誇口，不論子孫如何不成器，只怕十代八代還敗不完，我想，李家世代未曾出過縣門，雖然有財，然而無勢，兩位可明白了？」

楊子兵和容百宜兩人一聽，皺起了眉，半晌不語，李恩業又道：「我也不想李家出皇帝、出總統，只求李家子孫之中，能有省長、督軍，於願已足，不求富，但求貴！」

楊子兵和容百宜兩人，默默地聽着，一面聽，一面雙眼卻一齊望向山崗下，一個隆起的高地。那高地一片光亮，泥色紅赤，四周圍有一圈松樹，可是那一圈松樹，像是都曾遭過雷殛，樹枝半焦，都只有五六尺高。

李恩業看到兩個風水先生望着那高坡不出聲，忙道：「莫非也是佳穴？」

楊子兵和容百宜兩人，都點了點頭。

李恩業忙道：「可是能令後代顯貴？」

楊子兵道：「何止顯貴，簡直非同凡響，來，我們去仔細看看！」

這一會，四個人不坐山兜了，都撩起長衫，向下走了過去，只有兩個抬軟兜的壯漢，怕老爺或是夫人萬一走不動了，要他們抬，是以抬着軟兜，跟了下去，不一會，便來到了那光禿的土坡之上！

兩位風水先生，又擺好了羅盤，校勘了半晌，忽然齊聲嘆了一口氣，李恩業立時又緊張了起來，只見兩位風水先生互望了一眼，容百宜道：「天下將有大亂乎？」

楊子兵點頭道：「若無大亂，又怎會讓我們發現了這塊血地？」

李恩業忙道：「兩位此言何意？」

楊子兵道：「李翁，這幅地，是天地間血氣之所沖，煞氣之重，天下無雙，上天也有鑒於此，你看，周圍的樹，當數遭雷殛，但是雷殛一次，血氣便重一次，我勸你別葬這裏了！」

李恩業忙道：「若能令後代顯貴，煞氣自然也重在他人頭上，與我何干！」

李恩業一面說，一面看容百宜，像是希望容百宜說幾句好話。

容百宜卻嘆了一聲：「李翁，若是執意要將先翁葬在這塊血地上，那麼，令郎顯貴可期，可至位極人臣，天下皆知……」

容百宜說到這裏，李恩業已樂得手舞足蹈了起來，可是容百宜卻又嘆了一聲：「只是這塊地，煞氣實在太重，李翁還宜三思！」

李恩業搔着頭：「容翁什麼意思？」

容百宜道：「只怕這一帶，生靈不免塗炭了！」

李夫人是書香門第出身，她在一旁接上了口：「一將功成萬骨枯，那是一定的了，除此之外，可還有什麼不好的麼？」

楊子兵和容百宜兩人，又在那高坡附近，踱了一遭，連連道：「氣數，那真是氣數，李翁若執意要將先翁葬在這塊地上，還宜多行善事，以消彌煞氣於無形！」

這時，李恩業夫婦兩人，聽得省城來的兩名堪輿師，說這裏的風水如此之好，一將先人葬下去，就發在他們的兒子，可以大貴特貴，早已喜得忘其所以，楊子兵和容百宜後來所說的那一番話，他們也未曾聽進去，李恩業已一疊聲吩咐道：「快回家去！」

四頂軟兜，抬下山來，到日落時分，就回到了縣城之中，當晚，擺宴款待兩位堪輿師，李恩業將他六個兒子，一齊叫了出來相陪。

李恩業的大兒子，已經十九歲了，小兒子卻還在襁褓之中，席間，李恩業問道：「兩位看看，先父葬在那塊血地之後，大顯大貴，落在哪一個犬子身上？」

容百宜和楊子兵兩人，仔細地端詳着李恩業的六個兒子，但是他們卻並沒有說什麼，李恩業一再催促，他們才道：「相地是我們所長，相人卻非所長，反正李翁令郎之中，必有出人頭地者在，李翁大可放心。」

李恩業找到了佳穴，也了卻喪父之痛，這一席酒，吃得盡興而還，兩位堪輿師，也各自大醉，由家人扶着，回到了客房之中。

扶着楊子兵回去的一個僕役，正是日間曾經抬着軟兜上山的一個壯漢，那壯漢將楊子兵扶到了房中，絞了一把熱熱的手巾，讓楊子兵抹了臉，等到楊子兵酒略醒了一兩分時，那壯漢突然向着楊子兵跪了下來。

這一來，倒將楊子兵嚇了一跳，忙道：「咦，你這是幹什麼，快起來。」

那壯漢仍然跪在地上：「楊先生，小人有一事相求，務請先生答應。」

楊子兵帶着醉意，笑道：「我除了看風水，什麼也不會，沒有什麼可以幫你的。」

那壯漢道：「楊先生，日間你所說的那幅鯨呑地，東家不要，小可老父新喪，還未落葬，小可世代與人為僕，窮得連唾沫都是苦的，只想發一點財，求楊先生指點小人一二。」

這時候，楊子兵的酒像是醒了許多，他剔亮了燈，把燈移近跪在地上的那壯漢，仔細向他端詳了半天，才長嘆一聲：「這真是天命了，你起來，起來！」

他一面說，一面扶着那壯漢站了起來：「那鯨呑地，朝葬夕發，但是落葬之際，不可有棺木，卻要赤葬，免阻財源，你連夜包着屍體，掘坑將死人葬下，不可聲張，也不可說是我教你的！」

那壯漢一聽，喜不自勝，又爬在地上，叩了三個頭，轉身要走。

他走到門口，又被楊子兵叫住：「你剛才有事求我，我也有事求你！」那壯漢搔着頭：「楊先生，我有什麼可以幫你的？」

楊先生道：「不是我要你幫，你要記得今晚之事，異日你大富之後，莫忘善待我楊家的子孫！」

那壯漢傻愣愣地笑道：「我會大富？我只想自己不要再做別人的奴僕就可以了！」

楊子兵揮手道：「你去吧，記得今天的話，就是感盛情了！」

那壯漢走了出去，來到了城牆腳下的一所破屋中，他父親的屍體，只用兩條草蓆蓋着，那壯漢帶了一柄鏟子，負着他父親的屍體，出城，上山，連夜將屍體葬在那個小山坪上。

這件事，除了他和楊子兵之外，可以說沒有第三個人知道。

李恩業在第二天，就請楊子兵和容百宜兩人，擇了吉日，就揀了那塊血地，隆而重之，將他的父親，葬在那幅光禿的、血紅的，四周全是遭過雷殛的松樹的高坡之上，為了要子孫大貴，他並不營墓將紅土蓋上，只是造了一圈石牆，將高坡圍住。

第二部

靠風水成了巨富

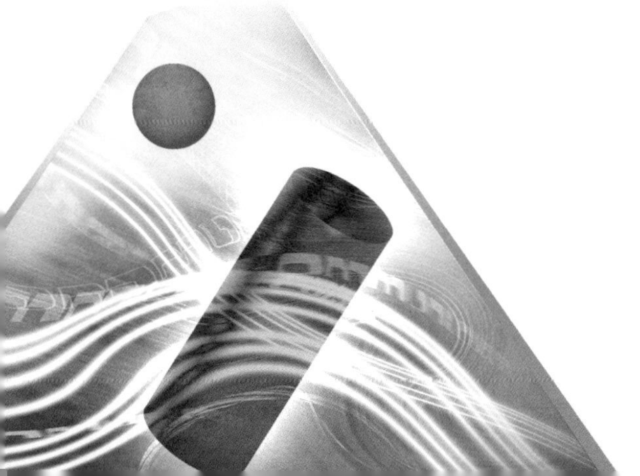

要見到陶啓泉，真不是容易的事。

陶啓泉是東南亞的第一豪富，擁有數不盡的產業，他每一天的收入，就是一個極大數字，他一直是人們口頭談話的資料，他也可以說是一個極其神秘的人物，有幾個美國記者，曾報道他的生活，說是任何一朝的帝王，生活都沒有陶啓泉那樣奢闊。

當我來到陶啓泉居住的那所大廈之前時，我深覺得，那幾個美國記者的話，一點也不誇張。

汽車迤邐地上了山，回頭望去，整個城市，有一大半已在眼底，汽車駛進了一重自動開關的鐵門，又駛進了一重同樣的鐵門，在眼前的，是一個極大的人工湖。

那人工湖的湖水清澈，湖的兩岸是山峰，山上有水沖進湖中。有一座九曲橋，通向湖中心，湖中心有一座亭子，清澈的湖水中，可以看到兩尺來長的金鯉魚在游來游去。

汽車沿湖駛着，我看到了一道清溪，向前流去，溪水不深，溪底全是五色的石卵，溪水一直通到一座古色古香的建築物之前，繞着那建築物打着圈，又流過一個大花園，然後流回人工湖中。

那所大宅的正門，有五六級石階，汽車就在石級前停了下來。汽車一停，一個西服煌然，氣度非凡的中年人，便走下石級來，那位穿制服的司機，已經替我打開了車門，我走出了車子。

那中年人趨前，和我握手，我曾經和這個中年人見過幾次，他是一家大銀行的董事長，是本市數一數二的銀行家，不知有多少人要仰他的鼻息。

但是，在陶啓泉的「行宮」中，他卻只能擔任迎接客人的職司，陶啓泉是如何財雄勢大，也於此可見一斑了！

我和他握着手：「楊董事長，好久不見！」

「好久不見！」楊董事長握着我的手：「陶先生正在等你啦！」

我和他一起走上了石階，踏進了大廳。

我一踏進大廳，便不禁呆了一呆，腳下織出整個十字軍東征故事的大幅波斯地氈，幾乎使我捨不得就此踏下去，要形容大廳中的華麗情形，實在是多餘的，它只能使人深深地吸着氣，張大了口，說不出話來。

楊董事長道：「請跟我來！」

我呼出了一口氣：「董事長，我和陶先生素不相識，也想不出我們之間，有什麼共通之點，他特地請人來邀請我與他會面，究竟是為了什麼？」

楊董事長笑了笑：「衛先生，老實說，我也不知道，我雖然掌握着一間實力雄厚的銀行，但是你一定知道，我只是他的下屬。」

我明白楊董事長所說的是實話，所以我也沒有說什麼。那所巨宅雖然是中國式的建築，但是裏面的一切設備，全是現代化的。

我跟着楊董事長，來到了一座雕花的桃木門之前，那扇門打了開來，裏面是一間極其舒適的小客廳，我和楊董事長，一起走了進去。

我剛要坐下，門又自動關上，我覺得那「小客廳」像是在向上升去，我吃驚地望着，楊董事長道：「陶先生在三樓等你！」

原來那是升降機，我卻將它當作小客廳了！

門再度打開，我和楊董事長走了出來，那又是一個大廳，它的一面，全是玻璃的，望出去，全市的美景，完全在眼底。

楊董事長帶着我，來到了另一扇門前，他剛站定，門就自動地移了開來，我也聽到了一陣「沙沙」的聲音，我定睛向前望去，又呆了一呆。

那是一間極大的房間，整間房間的面積，我一瞥眼看過後的估計，大約是五百平方公呎。

這間房間，我只能稱之為「遊戲室」。因為整間房間之中，搭着迂迴曲折的電動跑車的軌道，一輛紅色的跑車，正在軌道上飛馳，在一張控制枱之前，坐着一個兩鬢已有白髮，但是卻精神奕奕的中年人，他正全神貫注地在控制着那輛跑車。

在那輛跑車轉了兩個急彎，又馳在直路上時，他鬆開了按住電掣的手，抬起頭來。

就算他剛才未曾抬起頭來，我也知道他是誰了。

他就是世界著名的豪富陶啓泉！

他並不是舊式的商人，而是一個受過高等教育的大企業家，他本身有着兩家著名大學的經濟學博士的頭銜，可以說是二十世紀中出類拔萃的人物之一。

他抬起頭來之後，站了起來，楊董事長忙趨前一步：「陶先生，客人來了！」陶啓泉的樣子，極夠風度，像是他天生就是要別人奉承、聽他命令的那種人，他略揮了揮手，那個大銀行家的董事長立即退了開去。

他對我倒很客氣，走過來，和我握手：「衛斯理先生麼？久仰！久仰！」

我自然也客氣一番，在客套話說完了後，似乎沒有什麼可說的了，陶啓泉有點神情恍惚地指着玩具跑車的控制台：「你對這東西有興趣麼？我們一起來玩玩？怎麼樣？」

我還沒有回答，他又發起議論來：「別看這只是玩具，其中也很有道理，應該快的時候快，應該慢的時候就要慢，不然，它就出軌翻車了！」

我耐心地聽着，雖然我的心中已經不耐煩。而我一直認為掩飾自己內心的感情，是一件虛偽的事，所以，儘管在我面前的是陶啓泉那樣的大人物，我還是不客氣地道：「陶先生，你輾轉託了那麼多人，要和我見面，不見得就是為了要和我玩電動跑車吧！」

陶啓泉愣了一愣，顯然，他不是很習慣於那樣的搶白，雖然我的話，其實已是客氣之極了。

我看到他搓了搓手，一時之間，像是不知該如何回答我才好，楊董事長在一旁，顯然想打圓場，但是他除了發出兩下乾笑聲之外，也不知該說什麼好。

當時的氣氛，多少有點尷尬，但是我仍然不出聲，陶啓泉這樣的大人物，忽然託了我的幾個朋友，表示要和我見面，那一定是有極其古怪的大事，我自然不願將時間浪費在電動跑車上。

我等了大約一分鐘，陶啓泉才毅然道：「自然，你說得對，我有話對你說。」

「請說！」我單刀直入地催促着。

陶啓泉又搓着手，這是他心中為難的一種表示，我不知道富甲一方的陶啓泉，心中究竟有什麼為難的地方，而且，我這個與他可以說是毫無相干的人，他為什麼又要來找我？

我心中在疑惑着，陶啓泉已道：「來，到我的書房中去坐坐，我們詳細談談！」

他一面說，一面已向前走去，房門是電子控制的，人走到門前，門就自動打開，我們三個人，踏着厚厚的地氈，又進了電梯，電梯升到了頂層，經過了一個連頂都是玻璃的廳堂，那廳堂兼溫室，培植了至少一百種以上的，各種各樣的蘭花。

然後，才進了陶啓泉的書房。書房的陳設，全是古典式的，我們在寬大的真皮沙發上坐了下來，然後，陶啓泉按下椅子靠手上的控制鈕，一輛由無線電控制的酒車，自動移了過來。

等到每人一杯在手之後，話盒子便容易打開了。自從出了遊戲室，一直緘默不開口的陶啓泉，忽然向我問了一句話：「衛先生，你相信風水麼？」

那句問話，非但是突兀之極，而且，可以說是完全莫名其妙的。

不論我怎麼猜想，我也不會想到，陶啓泉和我談話的題目，會和「風水」有關，所以，一時之間，我還以為自己聽錯了。

我反問了一句：「你說什麼？」

「風水。」陶啓泉回答我。

我仍然不明白，心中充滿了疑惑，同時，也有多少好笑，我道：「為什麼你要這樣問我，你相信麼？」

陶啓泉卻並沒有回答我這個問題，他只是道：「衛先生，我知道你對一切稀奇古怪的事都有興趣，所以才請你來的。」

我有點諷刺地道：「和我來討論風水問題？」

陶啓泉略呆了一呆，出乎我意料之外，他在一呆之後，竟點頭承認道：「是的！」

我忙道：「陶先生，我怕你要失望了，雖然我對很多古怪荒誕的事都有濃厚的興趣，但是我認為風水這件事，簡直已超出了古怪荒誕的範疇之內，也不在我的興趣和知識範圍之內！」

陶啓泉忙道：「別急，衛先生，我們先別討論風水是怎麼一回事，你先聽我講一件五十年前發生的，有關風水的事可好？」

我笑着：「陶先生，講故事給我聽，可不怎麼划算，因為我會將它記下來，公開發表的。」

陶啓泉卻灑脱地道：「不要緊，你儘管發表好了，不過，請你在發表的時候，將真姓名改一改。」

陶啓泉既然那樣説，我倒也不好意思不聽聽他那五十年前的故事了。

而且，在陶啓泉未講之前，我也已經料到，他的故事，一定是和風水有關的。

我料得一點也不錯，陶啓泉講的故事，是和風水有關的，那就是文首一開始記載的，李恩業、楊子兵、容百宜到山地中去找佳穴的事。

我盡了最大的耐心聽着，使我可以聽完那種神話般的傳説的另一個主要原因，是因為沙發柔軟而舒適，佳釀香醇而美妙。

但是，當我聽完了陶啓泉的故事之後，我仍然忍不住不禮貌地大笑了起來。陶啓泉吸了一口氣：「衛先生，別笑，我的故事還沒有講完。」

我笑着：「請繼續説下去。」

陶啓泉道：「我在剛才提到的那個連夜去求楊子兵指點的壯漢，他姓陶，就是我的父親。」

我直了直身子，奇怪地瞪着陶啓泉，我還想笑，可是卻笑不出來了。

陶啓泉繼續道：「現在你明白了，葬在那幅鯨吞地中的，是我的祖父。」

我略呆了一呆，才道：「我明白了。」

陶啓泉再繼續道：「我父親葬了祖父之後不久，就和幾個人，一起飄洋過海，到了南洋，他先是在一個橡膠園中做苦工，後來又在錫礦中做過工，不到三年，他就成為富翁了，他在南洋娶妻、生子，他只有我一個兒子，而我在學成之後，就繼承了他的事業，直到今天。」

我吸了一口氣道：「陶先生，你認為令尊和你事業上的成功，全是因為幾萬公里之外的一塊土地，葬着你祖父的骸骨所帶來的運氣？」

陶啓泉並沒有正面回答我這個問題，他只是道：「我父親在世時，曾對我講過當年的這件事，不下十次之多，所以我的印象，十分深刻！」

我卻不肯就此放過他，我又追着問道：「這件事，對你印象深刻是一回事，你是不是相信它，又是一回事，你是不是相信它？」

陶啓泉在我的逼問之下，是非作出正面答覆不可的了，他先望了我片刻，然後才道：「是的，我相信！」

我撳熄了手中的煙，笑道：「陶先生，據我所知，你是受過高等教育的人！」

陶啓泉又在顧左右而言他了，他道：「這位楊董事長，就是名堪輿師楊子兵的侄子。」

我笑道：「對了，令尊曾答應過楊先生，照顧他的後代的。」

陶啓泉皺着眉：「你似乎完全不信風水這回事，但是你難道不認定，陶家能成為巨富，是一個奇蹟麼？」

我道：「是一個奇蹟，但是這個奇蹟是人創造出來，而不是什麼風水形成的。」

陶啓泉不出聲，楊董事長的臉上，更是一副不以為然的神色，但是他卻沒有開口，顯然他在陶啓泉的面前很拘謹，不敢放言高論。

我又道：「如果說風水有靈，那麼，李恩業的兒子，應該出人頭地了，他是誰？我想如果他大顯大貴，我應該知道他的名字！」

我在那樣說的時候，是自以為擊中了陶啓泉的要害的。陶啓泉的祖父，葬在那幅所謂「鯨吞地」上，使他發了家，那麼，李恩業的父親，葬在那幅煞氣極重的血地上，他也應該如願以償了！

如果李恩業的後代，根本沒有什麼顯貴人物，那麼，風水之說，自然也不攻自破了！

我在說完之後，有點得意洋洋地望定了陶啓泉，看他怎樣回答我。

陶啓泉的神情很嚴肅，他道：「當晚，上山勘地回來，李恩業曾將他六個兒子叫出來，向容百宜和楊子兵兩位先生，說是將應在何人身上，兩人都沒有回答，因為那是天意，人所難知，後來，才知道是應在當時只有十二歲的那三兒子身上。」

「是麼？」我揚了揚眉：「他是誰？」

陶啓泉的聲音，變得十分低沉，他說出了一個人的名字來。

無論如何，我是無法將這個人的名字，在這裏照實寫出來的，當然，這個人其實也不姓李，因為李恩業的姓名，也是早經轉換過的，我無法寫出這個人的真實姓名來，而且也無此必要，因為他和整個故事，並沒有什麼關係。

那是一個人人皆知的名字，我敢說，一說出來，每一個人都必然會「哦」地一聲。

而當時，我也是一樣，我一聽得陶啓泉的口中，說出那固名字來，我立時震動了一下，張大了口，發出了「哦」地一聲來。

接着，書房之中，靜得出奇。

凡是對近代史稍有知識的人，都知道這個人，他豈止是大顯大貴而已，簡直就是貴不可言。

陶啓泉首先打破沉寂，他道：「你認為怎麼樣，或許你會認為是巧合？」

我苦笑了一下，我無法回答了。

陶啓泉說得對，我心中，真認為那是巧合。

可是我可以認為那是巧合，我卻沒有辦法可以說服陶啓泉也認為那是巧合！

陶啓泉又道：「李家後來的發展，和我家恰好相反，本來是太平無事的縣城，突然兵亂頻頻，李家偌大的產業，煙消雲散，李家全家，幾乎全都死了。只有那第三個兒子，出人頭地，成了大人物，你知道，李恩業求子孫貴，真的貴了，可是貴在那種情形之下，只怕李恩業是絕對想不到的。」

我搖了搖頭，也感到造化着實有點弄人。

我又呆了片刻，才又道：「好了，以前的事已經說完了，現在又有了什麼變化？」

陶啓泉道：「你對這件事，已多少有點興趣，那我們可以談下去了，我先給你看幾張照片。」

他拉開一個抽屜，取出了幾張放得很大的照片來，一張一張遞給我。

當他將照片遞給我的時候，他逐張說明，道：「這就是那幅鯨吞地，你看風景多美；這一幅，就是那塊血地，四周圍雷殛的松樹全在，可惜當時沒有彩色攝影，不然，你會看到，那土崗子是朱紅色的。」

我只是草草地在看着那些照片，老實說，陶啓泉的那個故事，雖然活龍活現，但是要我相信，上代的屍體埋葬的地方，會影響下一代人的命運，這還是一件絕無可能的事情。

我只是略為地看着那些照片，對照片上的風景，隨便稱讚幾句，就將照片還給了陶啓泉。

自然，我知道陶啓泉請我來，不會只是講故事給我聽，和給我看照片那麼簡單，我料到，他一定還有什麼事情求我的。

而且，我已下了決心，陶啓泉要求我做的事，如果和荒謬可笑的風水有關係的話，那麼我一定會不顧他的難堪，而予以一口回絕。

第三部

荒誕的要求

果然，陶啓泉在收回了那些照片之後，向我笑了一下，搓着手：「衛先生，你一定在奇怪，我為什麼要請你來與我會面？」

我點頭道：「正是，如果你有什麼事，請你直截了當地說，我喜歡痛痛快快，不喜歡和人家猜謎！」

陶啓泉道：「好，衛先生，我準備請你，到我的家鄉去走一遭，代我做一件事。」

我皺起了眉，陶啓泉竟提出了這樣的一個要求來，這實在是出乎我的意料之外的。他的家鄉，自然是那個政權統治之下的地區，他的一個同鄉，就是李恩業的第三個兒子，也就是那個政權的重要人物。

他為什麼需要有人回家鄉去呢？難道是他想和對方有所合作？

但是，那是不可能的，就算他有意和對方合作（那自然是世界矚目的大新聞），我也絕不是他派去作溝通的適當人選，他的手下，有的是各種各樣的人才，又何需我去安排？

這正使我莫名其妙了，我皺着眉，一時之間，猜不透他的心意。

陶啓泉已急忙地道：「請不要誤會，我派你去，完全是為了私人的事，私人的事！」

陶啓泉一再聲明是「私人的事」，雖然消除了我心中的一部分疑惑，但是我仍然不明白，我道：「陶先生，在你的手下，有着各種各樣的人才，如果你有重要的私事，你為什麼不派他們去辦？」

陶啓泉道：「我需要一個和我完全沒有關係的人，我絕不想對方知道我派人回家鄉，因為我要進行的事，是極度秘密的。」

我又問：「那麼，你為什麼選中了我？」

陶啓泉望着我，他的眼光中，有一股懾服人的力量，凡是成功的大企業家，都有那種眼光，那使得他們容易說服別人去做本來不願意做的事。

然後，他道：「衛先生，我聽說過你很多的傳說，也知道你有足夠的機智，可以應付一切變化，而且，你會說很多種方言，連我家鄉的方言，你也說得很好！」

我攤着手：「那簡直是開玩笑的了，你應該知道，你的家鄉現在是在一個什麼樣的政權的恐怖統治之下，一個陌生人出現在那地方，只怕不消五分鐘，民兵就把我當作特務抓起來了！」

陶啟泉道：「所以我要派一個有足夠機警的人去，而且這個人，要會自己負責，就算出了事，我也無能為力，而且也不打算出力，你知道，那是根本無可援救的，一切要靠你了！」

我笑着：「陶先生，我根本不準備答應你的要求，我——」

陶啟泉忽然打斷了我的話頭：「我可以說是向你要求，但是也可以說是委託你去進行，只要你辦到了我要你做的事，你可以提出任何要求，你可以要我在南太平洋的一個島嶼，或者可以要我在香港的一家銀行，隨便你選擇，這樣的報酬，你認為滿意麼？」

南太平洋的一個小島，或是香港的一家銀行，這樣的報酬，對於任何人來說，都是一種極大的誘惑，可是我卻仍然搖着頭。

我知道如果我到他的家鄉去，最可能的下場，是被當作特務抓起來，而且，被送到冬天氣溫低到零下四十度的地方去做苦工。我不是「超人」，我能夠逃得出來到我那「南太平洋小島」上曬太陽的機會，微乎其微，幾乎不存在！

我道：「很對不起，陶先生，你派別人去吧，只要有半爿銀行就會有上千人願意去了！」

陶啓泉苦笑了一下：「困難就在這裏，有上千的人願意去，但是我卻不要他們，我需要一個像你那樣的人，才能完成任務！」

我有點兒玩笑地道：「你不是需要一個像我那樣的人，你應該有一個神仙，或者超人，再不然，哪吒也可以！」

陶啓泉畢竟是一個大人物，他在日常生活中，是絕不可能有人那樣揶揄他的，所以他感到不能容忍了，他有點發怒了：「衛先生，你可以拒絕我的要求，但是你不能取笑我！」

我看他說得十分認真，我也知道，我們的會見，應該到此結束了！

我站了起來，也收起了笑容：「對不起，陶先生，請原諒我，我是一個隨便慣了的人，我想你一定很忙，我告辭了！」

陶啓泉「哼」地一聲：「楊董事長，請你送衛先生出去！」

楊董事長雖然一直在書房中，但是他卻一直未曾出過聲，直到此際，他才答應了一聲：「是！」

我已向門口走去，楊董事長走在我的身邊，門自動打開，我經過寬敞的通道，來到了電梯前，直到進了電梯，楊董事長才嘆了一聲：「衛先生，你不知道，這是我第一次見他求人！」

我聳了聳肩，不置可否。

楊董事長又道：「他實在是需要你的幫忙，而你卻拒絕了他！」我道：「他有的是錢，有什麼做不到的？他只要肯出錢，他那位貴不可言的同鄉，也一樣會歡迎他的！」

楊董事長卻並沒有說什麼，只是苦笑着、嘆着氣，看着他那種一副憂心忡忡的樣子，我也感到好笑。

他送我離開了屋子，我仍然上了那輛名貴的大房車，到我上了車子，我才陡地想起，一聽到要到陶啓泉的家鄉去，我就一口回絕了他的要求，至於他要我去做什麼，我卻還不知道！

但是，在如今那樣的情形下，我當然不能再下車去向他問一問的了。而且，就算我去問的話，陶啓泉也一定不肯回答我的，所以，我只好懷着疑問，離開了陶啓泉那幢宮殿一樣的華廈。

我在回到了家中之後，足足將我和陶啓泉會面的那件事，想了三天之久。

我在想，陶啓泉要我到他的家鄉去，究竟是做什麼事呢？從他花了那麼長的時間，和我談起風水與他家發迹有關的故事，我倒可以肯定，他要我去做的事，一定是和風水有關的。

但是，那實在是不可能的事，我不是風水先生，我的一切言行，全是篤信科學的，我對一切有懷疑，但是那是基於科學觀點的懷疑，我甚至根本不相信世界上有所謂風水這回事，看來，陶啓泉在和我會面之前，曾詳細地搜集過我的資料，他不應該不知道這一點，那麼，他為什麼要來找我呢？

這個問題，倒也困擾了我三天之久，因為陶啓泉不是一個普通人，他一定有極重要的事要我做，所以我的好奇心實在十分強烈。

但是，三天之後，我卻不再想下去，因為我知道我是想不出來的。

我將這件事完全忘記了。

大約是在我和陶啓泉見面之後的二十多天，那天，天下着雨，雨很密，我坐在陽台上欣賞雨景，我聽到門鈴聲，然後，老蔡走來告訴我：「有一位陶先生來見你。」

我的朋友很多，有人來探我，也不是什麼奇怪的事情，我順口道：「請他上來。」

老蔡答應着離去，不一會又上來，我聽得有人叫我：「衛先生！」到我家來找我的人，大都是熟朋友了，而熟朋友，是絕不會叫我「衛先生」的，所以我驚詫地轉過頭來，但當我轉過頭來之後，我更驚訝了！

站在我身後的，竟然是陶啓泉！

這位連國家元首也不容易請得到的大富豪，竟然來到了我的家中！

在剎那間，我絕不是因為有一個大富豪來到我家中而歡喜，我只是覺得奇怪，同時，我也立時想到，一定有十分重要的事，發生在他的身上，不然，他又怎麼會來到我這裏？

我站了起來：「陶先生，這真太意外了！」

陶啓泉並沒有說什麼，他只是拉了一張藤椅，坐了下來，我望着他，過了半晌，他才道：「只有六天了。」

我聽得莫名其妙，「只有六天了」這句話，又是什麼意思？

我仍然望着他，他又道：「第一件事已經應驗了，我一個在印尼的石油田，起了大火，專家看下來說，這個油田大火，一個月之內，無法救熄，而一個月之後，可能什麼也不剩下了！」

我仍然不明白他在說什麼，他在印尼的一個石油田失火了，那關我什麼事，他要特地走來講給我聽？

陶啓泉又道：「十分鐘前，我接到電報，一個一向和我合作得極好的某國的政要失了勢，新上台的那位和我是死對頭，他可能沒收我在這個國家的全部財產！」

我皺着眉，望着那位大富豪，看着他那種煩惱的樣子，我心中實在好笑。

一個人擁有太多，實在不是一件幸福的事，你給一個孩子一隻蘋果，他會微笑，給他兩個，他會高興得叫起來，但是如果給他三個，他可能因為只有兩隻手，拿不了三個蘋果，而急得哭起來。

我搖着頭：「對你來説，一個石油田焚燒光了，或是喪失了一個國家中的經濟勢力，實在是完全沒有損失的事情！」

陶啓泉直勾勾地望着我，看他的神情，像是中了邪一樣：「不，我知道，那只不過是先兆，我完了，要不了多久，我的一切都完了！」

我聽得他那樣説，也不禁吃了一驚。

因為他説得十分認真，絕不像是在開玩笑，而且，他的手，還在微微發抖。

他感到他會「完了」，這實在是任何人聽到了都不免吃驚的事，他的事業王國是如此龐大，如何會在短期內「完了」的？

我着實想不通，幾件小小的打擊，何以會造成他內心如此的悲觀。事實上，一個人如果是如此受不起打擊，那樣容易悲觀失望的話，真難以想像，他是憑什麼能建立起那樣龐大的事業王國來的。

我望着陶啓泉，一時之間，我實在不知該說什麼才好，陶啓泉喃喃地道：「他們說得不錯，五十年，只有五十年，然後就完了！」

我更加莫名其妙，在那樣的情形下，我不得不問他道：「你說五十年，是什麼意思？」

陶啓泉的樣子，十分沮喪：「你還記得我告訴過你那兩位堪輿師麼？」

那兩個風水先生！

我不禁嘆了一聲，道：「記得，他們兩個人，一個叫楊子兵，一個叫容百宜，是不是？」

陶啓泉點頭道：「是的。」

我攤了攤手：「你在印尼的石油田着了火，和他們有什麼關係？」

我實在無法忍住不在言談中諷刺他，因為我對於風水先牛，已經感到厭倦了！

可是陶啓泉卻一本正經地道：「他們說得對，我父親在南洋，已成了富翁之後，曾特地回去，找他們兩人致謝，他們不避那時鄉間兵荒馬亂，又到我祖父墳地上，去仔細勘察過一次。」

我道：「嗯，那幅鯨吞地！」

他在那樣說的時候，絲毫也沒有慚愧的表示，那倒令得我有點不好意思再去諷刺他了。

他繼續道：「他們兩位，詳細勘查下來，都一致認為，這幅鯨吞地，只有五十年的運，五十年之內，可以大發而特發，但是五十年之後，不論發得如何之甚，也會在短期內煙消雲散！」

我呆了一呆：「你剛才一進來時，說只有六天了，那意思就是說：再有六天，就是五十年了？」

陶啓泉道：「是，再有六天，就是整整五十年了，我的事業，已有了崩潰的先兆，我真不敢想像，五十年滿了之後會怎麼樣！」

他講到這裏，停了一停，然後才道：「衛先生，我是不能失敗的，萬萬不能，我要是失敗了，比本來就一無所有的人更慘！」

我感到又是可憐，又是可笑，他真是那樣篤信風水，以致他在講最後那幾句話時，他的聲音，竟在發顫，他以為他自己會就此完蛋了。

我攤了攤手：「陶先生，如果你真的那麼相信幾千里之外的一幅地，會對你的事業有那麼大的影響，那麼，你應該去請教風水先生，據我所知，你不外是花一些錢，一定有補救之法的……」

我本來還想說：「譬如在你的臥室中，掛一面凹進去的鏡子什麼的，」但是我看到他那種焦慮的樣子，覺得我如果再那樣說的話，未免太殘忍了一些，所以我就忍住了沒有說出來。

陶啓泉道：「楊子兵和容百宜兩位，早就教過我父親，他們說，在五十年未到之前，一定得將我祖父的骸骨掘出來，那幅地只有五十年好運，在有人葬下去之後，五十年就變風水，由鯨吞地而轉成百敗地，將我祖父的骸骨起出來，那是唯一的辦法！」

我陡地站了起來，在那一剎間，我實在是一句話也說不出來。

過了好一會，我才氣惱地逼出了幾句話來：「陶先生，你上次與我見面，要我到你的家鄉去，原來是要我將你祖父的屍骸掘出來。」

陶啓泉忙道：「是的，你肯答應了？」

我實在忍不住了，我大聲地斥責着他：「你別做夢了，我決不會替你去做這種荒誕不經的事情！」

在聽到了我堅決的拒絕之後，陶啓泉像是一個被判了死刑的人一樣，呆呆地坐着。

我並不感到我的拒絕有什麼不對，但是我感到我的態度，可能太過分了一些，所以我道：「我不肯去，並不要緊，你可以找別人去！」

陶啓泉低下了頭，半晌才道：「我前後已派過三個人去，有兩個被抓起來了，音訊全無，最早派去的一個，在我第一次和你見面的前一天，才逃出來。」

我道：「他沒有完成任務？只要到那地方，完成任務，有什麼困難？」

陶啓泉苦笑着：「你將事情看得太容易了，那逃出來的人說，在我祖父的墳地上，有上連的軍隊駐着，連上山的路上，也全是兵！」

我呆了半晌，笑道：「那是為了什麼？這種事，聽來像是天方夜譚！」

陶啓泉道：「一點也不值得奇怪，他們要向亞洲整個地區擴展經濟勢力，但是他們所遇到的最強的對手是我，他們要看到我失敗，我失敗了，他們才能成功，他們一定也知道了那幅地在五十年後轉風水的事，所以，他們不讓我祖父的屍體出土！」

聽到這裏，我實在忍不住了！

我大笑了起來，我笑得前仰後合，笑得連眼淚都迸了出來。然後，我坐在椅上，不住地喘氣，那實在是太好笑了，陶啓泉竟煞有介事地講出了那樣的話來！

陶啓泉又氣又怒地望着我，頻頻說道：「你別笑，你別笑！」

我如果不是要緩緩氣，一定仍然會繼續不斷地笑下去，我大聲道：「陶先生，你別忘了，他們是唯物論者，唯物論者也會相信風水可以令你失敗麼？」

陶啓泉搖頭道：「那一點不值得奇怪，他們也是中國人，凡是中國人，都不能逃脫風水的相信，都相信因果循環，連他們至高無上的領袖，不是也因為一個兒子死了，一個兒子發了瘋，而說過『始作俑者，其無後乎』的話麼？而且，權勢薰天的那一位，若不是他祖上佔了那塊血地，他也不會發迹！」

陶啓泉說得那麼認真，我本來又想笑了起來的，可是突然之間，我卻並不感到這件事有什麼可笑了，我感到這件事極其嚴重。

陶啓泉有着龐大的事業，深厚廣大的經濟基礎，他如果「完了」，那麼，對整個亞洲的經濟，甚至全世界的經濟，都有極其深厚的影響，當然，那是壞的影響。

尤其，當他失敗之後，對方趁機崛起的話，那麼，影響將更加深遠，這一種風水問題，可以牽涉到整個亞洲的政治，經濟的變亂！

我的神情，那時一定十分嚴肅，我望着陶啓泉，陶啓泉是篤信風水的，那應該沒有疑問，不然，他的神經，不可能緊張到像是已處在崩潰的邊緣。

而對方如果知道這一點的話，那就可以利用這一點，來對他進攻！

陶啓泉主持着龐大的事業，只要他個人一垮下來，要他主持下來的專業，逐漸煙消雲散，那並不是什麼困難的事，我現在願意相信有一連正式軍隊和大量民兵守衛着他祖父墳地這件事了！

因為，只要到了五十周年，陶啓泉祖父的骸骨，仍然在那幅地中的話，陶啓泉一定精神崩潰，對方就有了一個極好的機會！

我想將我想到的一切對陶啓泉講一講，但是我看出陶啓泉是那種固執到了無可理喻的人，不論我怎樣說，他都是不會相信的。

我在剎那之間，改變了主意，我一本正經地道：「好了，陶先生，事情既然那麼嚴重，那麼，我就替你去走一遭，我想你應該對我有信心，就算對方有一師人守着，我也可以完成任務的！」

陶啓泉在剎那間，那種感激涕零的情形，實在是不容易使人忘記的。

他緊緊握住了我的手，連聲道：「太好了，那實在是太好了，你替我辦成了這件事，不論你要什麼報酬，我都可以給你！」

我笑着：「那等到了事情完成了再說，我想，還有六天，便是整五十年，時間還很充裕，我決定明天啟程，你千萬別對任何人說！」

陶啓泉忙道：「自然，我到你這裏來看你，是我自己來的，連司機也不用。」

我又道：「你別對任何人提起，最親信的也不能提！」

我之所以一再叮囑，要他保守秘密，是我懷疑，在他身邊的親信人物之中，一定有已經受了對方收買的人在內，不然，對方不可能知道他是如此篤信風水，不可能找到他的弱點的。

陶啓泉千恩萬謝地離去，而我的心中，卻只是感到好笑，以致他一走之後，又忍不住笑了起來。

誰如果真的準備到他的家鄉去掘死人骨頭，那才是真的見鬼啦！

當然，我剛才是答應了陶啓泉，但是那種答應，自然是一種欺騙。而且，我這時，一點也沒有騙了人、有所不安的感覺。

試想想，陶啓泉會被「風水」這種無聊的東西騙倒，我再騙騙他，算是什麼呢？

雖然我是在騙他，但是事實上，我一樣是在挽救他，當他以為他祖父的骸骨，真的已被我自那幅見鬼的「鯨吞地」中掘出來了之後，他就不會再那樣神經緊張了，如果他的神經不再那麼緊張，那麼像什麼石油田的起火，一個小國的政變，對他來說，簡直全是微不足道的打擊，他根本不會放在心上！

我所要做的，只是從明天起，我改換裝束，告訴一些朋友，我要出遠門，然後，找一個地方躲起來，躲上六天，就可以了。

我之所以還要作狀一番，是我考慮到，陶啓泉可能會對我作暗中調查，調查我是否離開，我絕不能兒戲到就在家中不出去就算的。

當他以為我真的離開之後，他就會安心了，然後，當第六天過後，我就會再出現，我會繪聲繪影，向他報告此行的結果，務使他滿意、相信為止，那對我來說，簡直是容易之極的事情。

所以，當晚我根本不再考慮陶啓泉的事情，我只是在想，這六天，我該到什麼地方去消磨呢？自然，我要找一個冷僻一些的地方，不能讓太多的人見到我，要不然就不妙了。

我很快就有了決定，我決定到一個小湖邊去釣魚，那小湖的風景很優美，也有幾家不是在旅遊季節，幾乎無人光顧的旅店。

到那裏去住上五六天，遠避城市的塵囂，又可以為陶啓泉「做一件大事」，那真是再好不過了！

當我想到了這一點時，我又禁不住笑了起來。

當晚，我整理的行裝，完全是為了適合到小湖邊去釣魚用的，我詳細地檢查着我的一副已很久沒有使用的釣魚工具，全部放在一隻皮箱中。

我習慣在深夜才睡覺，由於我已決定了用我自己的方法，來應付陶啓泉的要求，所以，陶啓泉的拜訪，並沒有影響我的生活。

當我在燈下看書的時候，電話忽然響了起來，我拿起了電話，聽到了一個含混不清的聲音：「是衛斯理先生麼？」

我最不喜歡這種故作神秘的聲音，所以當時，我已經有點不耐煩，我道：「是。你是誰？」

那人卻並不回答我的問題，他只是道：「為你自己着想，你最好現在和我見一次面。」

那種帶着威脅性的話，更引起我極度的反感，我立時冷笑着：「對不起，我沒有你那麼有空！」

我不等對方再有什麼反應，便立時放下了電話。可是，隔了不到半分鐘，電話又再次響了起來。我有點氣憤了，一拿起電話來，就大聲道：「我已經說過了，我根本不想和你那種人會面！」

那人卻道：「事實上，你根本不知道我是哪一種人！」

我略呆了一呆，那傢伙說得對，事實上，我根本不知道他是什麼人！

第四部

進入瘋狂地域

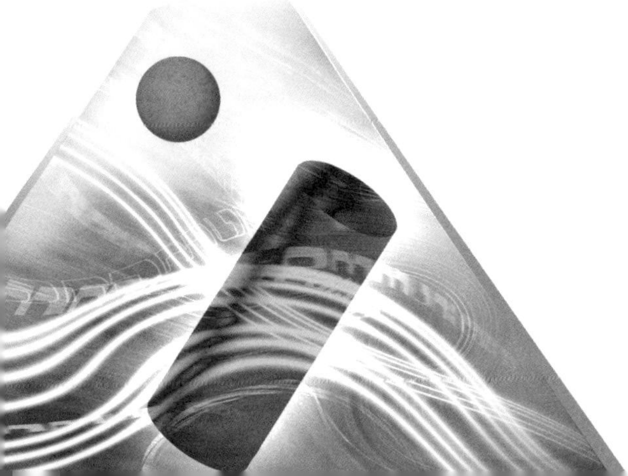

我冷冷地道：「那麼，我再問你一次，你是誰？」

然而，那傢伙卻仍然沒有回答我的問題，他只是道：「衛先生，我知道你明天要遠行，是為一個人去做一件事情的。」

我本來，又已經要順手放下電話來的了，可是一聽得對方那樣講，我就陡地呆了一呆！

我要遠行，我要去為一個人做一件事情，這樁事，可以說除了我和陶啓泉之外，決計沒有第三個人知道的！我曾與陶啓泉叮囑過，叫他千萬別向人提起，看陶啓泉對這件事，看得如此嚴重，他也決不會貿然向人提起來的，那麼，這個人是怎麼知道的呢？

我和陶啓泉分手，只不過幾小時，為什麼已有人知道這件事了呢？

我呆住了不出聲，對方也不出聲，過了好久，我才道：「你知道了，那又怎麼樣？」

對方道：「還是那句話，衛先生，為你自己着想，你最好和我見一次面。」

我冷笑：「這算是威脅麼？我看不出在這件事上，有什麼人可以威脅我！」

那人道：「旁人自然不能，但是我能夠，衛先生，你要去的地方，正是派我到這裏來工作的地方！」

那人的話，說得實在是再明白也沒有了！

而在那一剎間，我整個人都幾乎跳了起來。這件事不但傳了出去，而且連對方的特務也知道了，這實在是不可能的事。

那人道：「怎麼樣，請你來一次，請相信，完全是善意的會面。」

我考慮了一下，這件事，既然讓對方的人知道了，看來，我不去和那傢伙會面，是不行的。雖然，對方仍然沒有什麼地方可以要脅我的，但是，卻對我的計劃有着致命的打擊！

我本來是根本不準備去的，只要可以瞞得過陶啓泉就行了！

然而，在對方已經知道了我答應過陶啓泉之後，我已無法瞞得過陶啓泉了，當我想欺騙陶啓泉的時候，對方一定會提出大量的反證，證明我根本不曾到過他的家鄉！

能騙得過陶啓泉而騙他，是一回事，根本騙不過他，還要去騙他，那是完全不同的一回事！

該死的，他媽的陶啓泉，竟將我要他別告訴人的消息，泄漏了出去，我猜想得不錯，在陶啓泉的身邊，一定有已受對方收買的人。

我笑了好久，對方有耐心地等着我，直到我又出聲，道：「好，我們在哪裏見面？」

那人道：「你知道玉蘭夜總會。」

我幾乎叫了起來：「在夜總會，那種吵鬧不堪的地方？」

那人笑了起來：「在那種地方最好，正因為吵，所以就算你提高了聲音來說話，也不會被旁人聽到，我們半小時之後見。」

我道：「你是什麼樣的，我不認識你！」

「別擔心這個。」那人說：「我認識你就行了。」他已掛斷了電話，我慢慢地放下電話，換了衣服，駕車出門。

當我走進玉蘭夜總會的時候，一個皮膚已經起皺，粉也掩不住的中年婦人，正在台上嗲聲嗲氣地唱着歌，真叫人反胃。

我在門口站着，一個侍者，向我走了過來，問道：「衛先生？」

我點了點頭，那侍者向一個角落指了指：「你的朋友早來了，在那邊。」

我循着侍者所指，向前望去，只見在一張小圓桌旁，有一個人，站了起來，向我招着手。

在夜總會的燈光下，我自然無法看清他是什麼樣的一個人，我只可以看到，他的個子相當高，我向他走了過去，來到了他的面前，我不禁愕然。

他不能說是我的熟人，但是這次見面，倒至少是第五次了，這個人，可以說是一個報人，他的筆鋒很鋭利，文采斐然，儘管由於觀點的不同，但是他的文章，倒也是屬於可以令人欣賞的那一類。

真想不到，今天約我來與他見面的會是他，這種行動，在他們這一行來說，叫作「暴露身分」，那是犯大忌的，所以我才感到驚愕！

那人——我姑且稱他為孟先生——顯然也看出了我的驚愕！他道：「怎樣，

想不到吧！」我坐了下來，他也坐下，我第一句話，就老實不客氣地道：「你為什麼向我暴露身分？」

孟先生笑了笑：「第一、上頭認為，由我來和你見面，可以談得融洽些，因為我們以前曾見過，而且，大家都是知識分子；第二、我過兩天就要調回去了，短期內不會再出來，也就無所謂暴露不暴露了。」

我「哼」地一聲：「原來是那樣，請問，有什麼事，爽快地說！」

孟先生一本正經地道：「其實，我見你，只有一句話：不要到陶啓泉的家鄉去！」

我這時，實在忍不住了，我「哈哈」地大笑起來，我笑得十分大聲，以致很多人都向我望了過來，可是我仍然不加理會。

孟先生多少有點狼狽，他忙道：「你笑什麼？」

我道：「怎麼不好笑，你怕什麼？你怕我去了，你們會鬥不過陶啓泉？你們也相信風水？」

孟先生也笑了起來：「我們是唯物論者！」

我道：「那你為什麼叫我別去！」孟先生道：「不妨坦白對你說，我們要打擊陶啓泉，在各方面打擊他，他篤信風水，我們就在這方面，令他精神緊張，無法處理龐大的業務！」

我道：「我也坦白地告訴你，本來我就沒準備去，我只是騙陶啓泉，說我要去，好令得他安心一些！」

孟先生以為他的任務已完成了，所以立時笑了起來。

但是，我立即又道：「可是，現在，我卻已有了不同的打算了！」

孟先生的笑容立時凝住了：「你這樣說法，究竟是什麼意思？」

我已經可以知道，陶啓泉和我的談話，對方幾乎是全部知曉了的，是以我也不必再遮遮掩掩，我直率地道：「那你還不明白麼？本來，我根本不準備到什麼地方去，我只準備躲起來，騙陶啓泉說我已照他的請求去做，令他可以安心，但是現在，這個把戲，顯然是玩不成了！」

孟先生的臉色，變得十分難看。

我繼續道：「你們一定要使陶啓泉信心消失，自然會盡一切力量，來揭穿我的謊言的，是不是？」

孟先生的神情，變得更加難看。

我又道：「現在你明白了，如果你不約我和你見面，我絕不會到陶啓泉的家鄉去，但是既然和你會了面，我就變得非去不可了。」

孟先生的臉色鐵青：「你別和自己開玩笑，你只要一進去，立時就會被捕，然後，你這個人，可能永遠消失！」

我深深地吸了一口氣道：「是的，我知道，可是我仍然要試一試！」

孟先生俯過頭來，狠狠地道：「當你被逮捕之後，我會親自主持審問，到時，你就後悔莫及了！」

我冷冷地回答他：「孟先生，你的口水，噴在我的臉上了！」

我的話比打了他一拳，還令得他憤怒，他的身子，猛地向後仰，我又道：「還有一點，你是不是能親自審問我，只怕還有問題，因為整件事是被你自作聰明約我見面弄糟了的，我看，我還有逃脫審判的可能，你是萬萬逃不脫的了！」

孟先生怒極了，他霍地站了起來，厲聲道：「你既然不識抬舉，那就等着後悔好了！」

夜總會的聲音，雖然吵得可以，然而，孟先生的呼喝聲實在太大了，是以也引得不少人，一起向他望了過來，而我也在這時，站了起來。

我甚至懶得向他說再見，我一站起之後，轉過身，便走了出去。

當我出了夜總會之後，夜風一吹，我略停了一停，為了怕孟先生再追出來，是以我迅速地轉進了夜總會旁的一條巷子之中。

我在穿出了那條巷子之後，到了對街，截住了街車，回到了家中。

我回到家中之後，獨自呆坐着，我的心中十分亂，我對孟先生說，我一定要去，事實上，除非我做一個爽約的人，否則，我既然已經答應了陶啓泉，而又不能騙過他時，自然非去不可，但是，正如孟先生所說，我可能只踏進一步，就被逮捕了！

我雙手交握着，想了又想，直到夜深了，我才站了起來，我找出了幾件十分殘舊的衣服換上，然後，又肯定了我的屋子周圍沒有人監視，我就離開了我的住所。

我知道，孟先生遲早會派人來對我的住所進行監視，他既然能約我會面，自然對我的為人，已有了相當的了解，那麼，自然也可以知道，我說要去，不是說說，是真的要去。

他為了對付我，自然也要偵悉我的行動，我的住所被他派來的人監視，自然是意料之中的事！

趁孟先生以為我不會那麼快離開之際，我突然離開，自然是一個好辦法。

我在寂靜的街道上快步走着，等到天色將明時，我來到了碼頭旁邊。

城中大部分人，可能還全在睡夢之中，但是碼頭旁邊，卻已熱鬧得很了。碼頭旁燈火通明，搬運伕忙碌地自木船上，將一箱又一箱，各種各樣的貨物搬下來。

我繼續向前走着，走進了一條陋巷，我知道在那條陋巷中，有兩家多半是在十八世紀時就開張的小旅店，那種小旅店，是窮苦的搬運伕的棲身之所，我走進了其中的一家，攔住了一個伙計，道：「有房間麼？」

那伙計連望也不望我一眼：「一元一天，你可以睡到下午五時。」

我給了那伙計五元錢，道：「我要睡五天！」

也許是這地方，很少人一出手就用五元錢的鈔票，是以那伙計居然抬頭，向我看了一眼，然後道：「到三樓去，向左拐，第二個門。」

我點了點頭，向陰暗的樓梯走去，原本蹲在樓梯口的兩個女人，站了起來，向我擠眉弄眼地笑着，我自然知道她們是什麼人，我連望也不敢向她們多望一眼，就奔上了咯吱咯吱響的樓梯。

我找到了我租的「房間」，其實，那只是一張板牀，和一條不到一尺寬的縫而已。我在那板牀上躺了下來，忍受着那股自四面八方湧來，幾乎令人要窒息過去的，難以忍受的臭味。

我沒有別的辦法，我知道，孟先生在這裏勢力龐大，手下有着完善的特務網。

為了要他相信，我已離開了家，已經動身前往陶啓泉的家鄉，所以我必須躲起來。

一發覺我已離開，孟先生一定大為緊張，會到處搜尋我的下落，會加強警戒，會在全市找尋我，但是不論他怎樣，他總不會想到，我會躲在這家污穢的小旅館中，讓他去焦急三天再說好了！

不錯，我準備在這小旅館中住上三天，然後再想前去的辦法。

我想到孟先生焦急的樣子，想到他發怒的樣子，那種古怪的臭味，也變得好聞了，我居然睡了一覺，然後，又被各種各樣的聲音吵醒。

我仍然養着神，到中午，才出去，吃了一點東西，然後再回來。

我剛進這家旅館的時候，在外表上看起來，或者還不是十分像碼頭上的流浪者。但是在那樣的旅館中住了三天之後，我看來已沒有什麼不同了，我不但神情憔悴，而且也已不覺得那家小旅館有什麼臭味，因為我自己的身上，也已散發着同樣的臭味了。

在這三天之中，我曾仔細觀察過碼頭上各種船隻上貨落貨的情形，我也定下了方法。

第三天，天亮之前，細雨濛濛，我離開了旅館，住這種簡陋的小旅館有一個好處，那就是不論你在什麼時候出去，絕不會有人理你的。

我出了旅館，來到了碼頭上，然後，趁人不覺，跳到了停成一排的小舢板上。走過了幾艘舢舨，我攀上了一艘木頭船。

船上的人全在睡覺，那是一艘運載香蕉的船，我看到它載運的香蕉，到午夜才卸完貨，船員都已經疲憊不堪了，而這艘船，在天亮就會駛走。

我到了船上，立時鑽進了貨艙中，揀了一個角落，拉了一大綑破麻袋，遮住了我的身子，躲了起來。

貨艙中是那麼悶熱，我躲了不到十分鐘，全身都已被汗濕透了，幸而我早有準備，我帶了一大壺水，和一些乾糧，我估計船要航行一天才能靠岸，在那一天中，我需要水更甚於需要食物。

我縮在貨艙的一角，不多久，我就聽得甲板上有人走動聲，接着，船上的人可能全醒來了，突然間，機器聲響了起來，達達達的，震耳欲聾。

我感到船身在震動，這種船，早已超過它應該退休的年齡不知多少年了，雖然我知道航程很短，但是我也着實擔心它是不是能駛得回去。

我略伸了伸身子，這時我只希望船快點開始航行，我倒並不擔心我會被人發現，因為我知道，不會有人到一個已被搬空了的貨艙來的。而且，從來只有人躲在船中逃出來，像我那樣，躲在船中混進去的人，可能還是有史以來的第一個呢！

船終於航行了，由於貨艙幾乎是封密的，所以一樣是那麼悶熱。我打開壺蓋，喝着水，然後，盡可能使我自己，進入休息狀態。

但是在那樣的環境下，實在是沒有法子睡得着的，比起來，那污穢、臭氣沖天的小旅館，簡直是天堂了。

我默默地數着時間，我從貨艙蓋上的隙縫中望着那一格條一格條的天空，希望判斷出時間來。我作各種各樣的幻想，來打發時間，那可能是我一生以來，最難捱的一天了。

好不容易，等到了貨艙之中，已變成了一片漆黑，什麼也看不到，我可以肯定天色已黑下來時，我知道：船已快靠岸了。

因為我聽到了許多嘈雜已極的聲音，而船的速度，也在迅速減慢下來，我長長地吁一口氣，第一步，總算是成功的，接下來，該是如何想辦法上岸了！

我聽得船停定之後，有許多人在叫喊着，接着，船身一陣動搖，好像是有許多人，來到了船上，接着，便是一個因為叫喊過多，而嘶啞了的聲音，叫道：「讓我們一起來學習！」

有一個人道：「我們才泊岸，還有很多事要做！」

那人的話才一出口，就有好幾十人，一起憤怒地叫了起來，其中有一個人叫得最響：「他竟敢反對學習，將他抓起來，抓回去審問，他一定是反動分子！」

接着，便是紛爭聲、腳步聲，還有那個剛才講還有事要做的人的尖叫聲。可是那人的尖叫聲，已在漸漸遠去，顯然他已落了下風，被人抓下船去了。

接着，便有人帶頭叫道：「最高指示：我們要——」

那個人叫着，其餘的人就跟着喃喃地念着，那種情形，使我聯想到一批不願出家的和尚在念經。

那種囂嚷聲，足足持續了半小時有多，才聽得一陣腳步聲，很多人下船去，有一個人問道：「我們的那個船員，他……」

那人的話還沒有講完，立即就有一個尖銳的聲音道：「他是反動分子，你為什麼對反動分子那麼關心？」

那人道：「我是船長，如果我的船員有問題，要向上級報告的！」

那尖銳的聲音（顯然是一個女孩子）叫道：「國家大事都交給了我們，我們會教育他，審問他！」

接着，又是許多人一起叫嚷了起來，我爬上了破麻袋包，仰起頭，自船艙蓋的隙縫中向外望去，只見許多十五六歲的少年，衣衫破爛，手臂上都纏着一個紅布臂章，手上搖着袖珍開本的書，在吶喊着，船員卻縮在一角，一聲不敢出。

那群少年人吶喊了一陣子，才帶着勝利的姿態，搖着手臂，叫嚷着，跳到了另一艘船上，我看到船員也陸續上了埠。

我又等了一會，慢慢地頂起一塊艙板來，看看甲板上沒有人，我撐着身子，到了甲板上。

上。

一到了甲板上，我迅速地上了另一艘船，然後，又經過了幾艘船，到了岸上。

岸上一樣全是同樣的少年人，有兩個少年人，提着石灰水，在地上寫着標語，碼頭附近，全是成群結隊的人，全是年輕人，他們將一張一張的紙，貼在所有可以貼上去的地方，同時，振臂高呼着。他們將許多招牌拆下來，用力踏着。

他們的精力看來是無窮的，好像有一股魔法在牽制着他們，將他們的精力，完全發泄在叫嚷和破壞上。

我自然知道這是怎麼一回事，全世界都知道。

但是，從報紙的報道上知道這回事，和自己親眼見到，親身置身其間，卻是完全不同的。

我在岸上略站了一會，就向前走去，我才走出了不遠，就聽到一陣吶喊聲，自遠而近，伴隨着卡車聲，傳了過來。

原來在碼頭邊上吶喊，塗寫的那些年輕人，都呆了一呆，接着，就有人叫道：「地總的反動分子來了！」

隨着有人叫嚷，所有的人都叫了起來，聚集在一起，卡車聲愈來愈近，我看到三輛卡車，疾駛而來。

駕駛卡車的人，若不是瘋子，也是一個嗜殺狂者，因為他明明可以看到前面有那麼多人，可是，三輛卡車，還是以極高的速度，向前衝了過來，而那些聚集在一起的年輕人，也全當那三輛卡車是紙紮一樣，他們不顧一切地衝了上去。

我退到牆腳下，我實在無法相信我所看到的事實，無法相信在人間竟會有那樣的事！

卡車撞了過來，至少有十七八個年輕人，有男有女，被車撞倒，有幾個根本已捲進了卡車底下，受傷的人在地上打滾，血肉模糊。

可是根本沒有人理會受傷的人，卡車上的人跳了下來，原來在地上的人，攀了上去，在他們的手中，握着各種各樣的武器，從尖刀到木棍，而更多的是赤手空拳，我看到最早攀上卡車去的，是兩個女青年，她們一上了車，立時被車上的人，揪住了頭髮將她們的頭，扯得向後直仰，於是，七八條粗大的木棍，如雨打下，擊在她們的胸前和臉上。

鮮血自她們臉上每一個部分迸出來。我估計這兩個女青年，是立時死去的。

但是，還是有不知多少人，爬上卡車去，卡車已經停了下來，三個駕駛卡車的人，也都被人扯了下來，混戰開始，呼喝聲驚天動地。

我始終靠牆站着，離他們只不過十來步，我真有點不明白，這兩幫人在混戰，是根據什麼來判別敵人和自己人的，因為他們看來是完全一樣的，全是那麼年輕，那樣不顧一切，而且，他們叫嚷的，也是同一的口號。

但是他們相互之間，顯然能分別出誰是同類，誰是異己，這樣瘋狂的大搏鬥，那樣的血肉橫飛，那不但是我一生之中，從來也沒有見過的，而且，不論我的想像力多麼豐富，我都無法在事前想像得出來。

我並不是想觀看下去，而是我實在驚得呆住了，我變得無法離開。

我呆立着，突然之間，一個血流滿面的年輕人，向我奔了過來，他已經傷得相當重，他的手中仍然握着那本小冊子，他向我直衝了過來，在他的身後，有三個人跟着，每一個人的手中，都握着粗大的木棒子，在奔逃的青年人雖然已受了傷，但是粗大的木棒子，仍然向他毫不留情地掃了過來。

「砰」地一聲響，三根木棒子中的一根，擊中了那年輕人的背部，那年輕人仆地倒了下來，正倒在我的腳下，他在倒下來之際，仍然在叫道：「萬歲！」

我實在無法袖手旁觀了，我踏前了一步，就在我想將那個年輕人扶起來之際，三條木棍子，又呼嘯着，向我砸了下來。

我連忙一伸手，托住了最先落下來的一根，使其他兩根，砸在那根之上，然後，我用力向前一送，將那三個人，推得一起向後跌出了一步。

不必我再去對付那三個人，因為另外有五六個人湧了上來，那三個人才一退，便被那五六個人，襲擊得倒在地上打滾了！

我用力拉起了倒在地上的那年輕人，拉着他向前便奔，那年輕人聲嘶力竭地叫道：「我不要做逃兵，我要參加戰鬥！」

我厲聲道：「再打下去，你要死了！」

那年輕人振臂高叫道：「一不怕苦，二不怕死！」

那時，我已將那年輕人拖進了一條巷子之中，聽得他那樣叫嚷着，我真是又好氣又好笑，我用力推了他一下：「好，那你去死吧！」

這年輕人倒不是叫叫就算的，他被我推得跌出了一步，立時又向前奔了出去，照他的傷勢來看，他只要一衝出去，實在是非死不可的了！

我想去拉他回來，可是我還未曾打定主意，就看到那年輕人的身子，陡地向前一仆，跌倒在地，接着，滾了兩滾，就不動了！

我真以為他已死了，但是當我來到他面前的時候，卻發覺他只是昏了過去。

我連忙又將他拉了起來，將他的手臂拉向前，負在我的肩上。

我負着他，迅速出了巷子，才一出巷子，就有幾個工人模樣的人，走了過來，我忙問道：「最近的醫院在什麼地方，這人受了傷！」

那幾個工人望了我一眼，像是完全沒有看到我負着一個受傷的人一樣，他們繼續向前走去，我呆了一呆，其中的一個才道：「你還是少管閒事吧！」

我忙道：「這人受了傷，你們看不到麼？」

那工人道：「每天有幾百個人受傷，幾百個人打死，誰管得了那麼多？」

另一個插嘴道：「你將他送到醫院去也沒有用，有一家醫院，收留了十九個受傷的人，就被另一幫人打了進去，將那十幾個人打死，連醫生也被抓走了，說醫院收留反動分子！」

我大聲問道：「沒有人管麼？」

那幾個人沒有回答，匆匆走了開去。

我喘了口氣，我若是一早就不管，那也沒有事了，可是現在，我既然已扶着那年輕人走出了巷子，我實在沒有再棄他而去的道理。

我負着他繼續向前走，不一會，我看到一輛中型卡車駛來，車上有二十多個軍人，我連忙伸手，攔住了那輛車，一個軍官探出頭來，我道：「有人受了傷，前面有一大幫人在打鬥，你們快去阻止！」

那軍官一本正經地道：「上級的命令是軍隊不能介入人民自發的運動！」

那軍官說了一句話，立時縮回頭去，我正想要說什麼，卡車已經駛走了。

我呆立在路中心，不知怎麼才好，我負着一個受重傷的人，可是，所有的人，就像根本未曾看到我一樣，根本沒有人來理會我。

在那時候，我突然覺得，我一定是做了一件愚不可及的傻事了。我不該管閒事的，現在，我怎麼辦呢？我自己也是才來到，而且，我也是冒險前來的，我連自己置身何處都不知道，但現在，卻還帶着一個負傷的人！

我呆了一會，將那人扶到了牆角，那年輕人卻已醒了過來，他抹着臉上的血：「我現在在什麼地方來了？」

一看到他醒了過來，我不禁鬆了一口氣：「離碼頭還不遠！」

第五部

自駕火車渾水摸魚

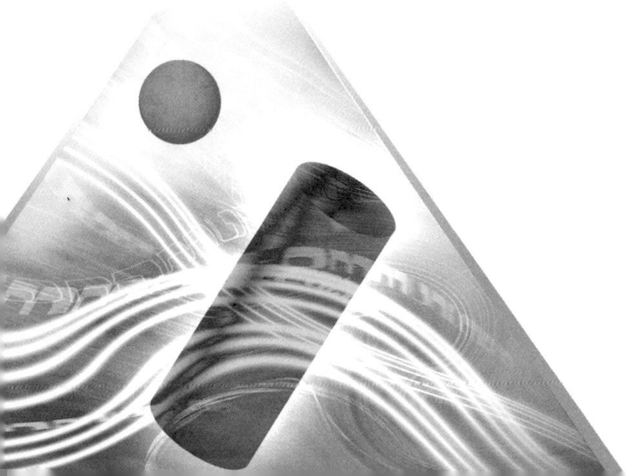

那年輕人怒吼了起來，叫道：「你帶我離開了鬥爭，我是領袖，我要指揮鬥爭！」

到了這時候，我也無法可想了，我忙道：「如果你支持得住，你快回去吧！」

那年輕人舉手高叫着，轉頭就向前奔了出去。

我一看到他奔了開去，大大地鬆了一口氣，立時轉身便走，他是死是活，我實在無法再關心了。

我一直向前走着，向人問着路，我要到車站去，因為這裏不是我的目的地，我還要繼續趕路。

當我終於來到火車站的時候，已是午夜了，可是車站中鬧哄哄地，還熱鬧得很，我看到一大批一大批的年輕人，自車站中湧出來。

這一大群年輕人，顯然不是本地人，因為他們大聲叫嚷的語言，絕不是本地話。

我硬擠了進去，到了售票處，所有的售票口，都是空洞洞地，一個人也沒有。

我轉來轉去，拉住一個看來像鐵路員工的人，問道：「我要北上，在哪裏買票？」

那人瞪着我，當我是什麼怪物一樣打量着，他過了好一會，才道：「你在開玩笑？買票？」

我呆了一呆：「火車什麼時候開出？」

那人向聚集在車站中的年輕人一指：「那要問他們，他們什麼時候高興，就什麼時候開！」

我道：「站長呢？」

那人道：「站長被捕了，喂，你是哪裏來的，問長問短幹什麼？」

我心頭一凜，忙道：「沒有什麼！」

我一面説，一面掉頭就走，那人卻大聲叫了起來：「別走！」

我知道我一定露出馬腳來了，只有外來的人，才會對這種混亂表示驚愕，而在這裏，外來的人，幾乎已經等於是罪犯了！

我非但沒有停住，而且奔得更快，我跳過了一個月台，恰好一節車廂中，又有大批人湧了下來，將我湮沒在人群中。

我趁亂登上了車廂，又從窗中跳了出去，直到肯定那人趕不到我了，才停了下來。

這時，我才看清楚整個車站的情形，車頭和車卡，亂七八糟擺在鐵軌上，連最起碼的調度也沒有！

有幾節車卡上，已經擠滿了年輕人，他們在叫着、唱着，在車卡外，貼滿了紙，上面寫着：「堅決反對反動分子阻止北上串聯的陰謀」，「執行最高指示，北上串聯革命」等等。

可是，那十來節車廂中，雖然擠滿了人，卻根本連車頭也沒有掛上！

火車如果沒有火車頭，是不會自己行駛的，不管叫嚷得多麼起勁，執行最高指示多麼堅決，全是沒有用的事，可是擠在火車廂中的年輕人，還是照樣在叫嚷着。

不一會，我看到十來個年輕人，將一個中年人，推着，擁着，來到列車之旁，那中年人顯然曾捱過打，他的口角帶着血，在他的臉上，有着一種極其茫然的神情，像是他根本不知道眼前發生了什麼事。

他被那十幾個年輕人擁到了列車之旁，車廂中又有許多年輕人跳下來，叫嚷聲更是響徹雲霄，他們逼那中年人，和他們一起高叫。

鬧了足足有半小時，才有人大聲問那中年人：「你為什麼不下令開車？」

那中年人多半是車站的負責人，他喘着氣：「我不是不下令，你們全看到的，我已下令開車了，可是根本沒有工人。」

年輕人中，有一個像是首腦人物，他高叫道：「可是你昨天開出那列車，為什麼有工人？」

中年人道：「那是國家的運輸任務，就需完成！」

這一句話，聽來很正常，可是卻立時引起了一陣意想不到的鼓噪，所有的人都叫了起來，有的叫道：「革命才是最高任務！」有的叫道：「打倒阻撓北上串聯的大陰謀！」有的叫道：「當權派的陰謀，必須徹底打倒！」

在叫嚷之中，那中年人已被推跌在地上，還有好些人舉腳向他踢去，那中年人在地上爬着，叫道：「火車頭在那邊，你們可以自己去開！」

那中年人這一叫喚，倒救了他，只聽得年輕人中有人叫道：「當權派難不倒我們，我們自己開車！」

立時有好幾百人，向前奔了過去，棄那中年人於不顧，那中年人慢慢爬了起來，望着奔向前去的年輕人，然後轉過頭來。

當他轉過頭來時，他看到了我。

我呆了一呆，一時之間，還決不定我是應該避開去，還是仍然站着不動，可是他卻已向我走了過來。

我看到他的臉上，仍然是那麼茫然，好像對我，並沒有什麼敵意，所以我並不離開去，他到了我的面前，抬頭望着我，過了片刻，才苦笑了一下：「我幹了三十年，可是現在我不明白，是不是什麼都不要了呢？」

我自然無法回答他的問題，連他也不明白，我又如何會明白？

我只好嘆了一聲，用一種十分含糊的暗示，表示我對他的說法有同感。

那中年人伸手抹了抹口角的血，又苦笑着，慢慢地走了開去。

我上了岸，只不過幾小時，但是我卻已經可以肯定，一種極度的混亂，正在方興未艾，這種混亂，對於我來說，自然是有利的。

如果在正常的情形下，我要由這個城市，乘搭火車北上，一定會遭到困難，我，沒有任何證件，也經不起任何盤問，很可能一下子就露出馬腳來。

但是，現在的情形就不同了。

現在，在極度的混亂之中，根本沒有人來理會我；當然，我也有我的困難，因為在混亂中，不會有正常的班次的車駛出車站。

在那中年人走了開去之後不久，我又聽到青年人的吶喊聲，我看到一百多個青年人，推着一個火車頭，在鐵軌上走過來。

火車頭在緩緩移動着，那些推動火車頭的年輕人，好像因為火車頭被他推動了，他們已得到了極度的滿足，而發出驚天動地的呼叫聲。

當我看到了這種情形的時候，實在想笑，但是我卻又笑不出來，而且，就在那一剎間，我的心陡地一動，我想到一個辦法了！

這許多年輕人之中，顯然沒有什麼人懂得駕駛一列火車，但是他們卻亟於北上。

如果我去替他們駕駛這列火車，那又如何呢？對於駕駛火車，我不能說是在行，但至少還懂得多少，那麼，我也可以離開這裏，到我要去的地方了。

我想到了這一點，心頭不禁怦怦跳了起來，我並不是為我計劃的大膽而心跳，我之所以心跳，是因為我想到，我將和這群完全像是處於催眠狀態的青年人，相處在一起一個頗長的時間！

然而，我也已經想到，我沒有第二個選擇的餘地，所以，我向前走了上去。

當我來到了鐵軌下緩緩移動的火車頭旁邊時，我向其中一個青年人道：「這樣子推着前進，火車是駛不到目的地的。」那年輕人大聲答道：「革命的意志，會戰勝一切！」

我道：「為什麼不讓我來駕駛？我可以將這列火車，駛到任何地方去！」

我這句話一出口，所有在推動火車頭的青年人，都停了手，向我望來，在一個極短暫的時間中，沒有人出聲，也在那個極短暫的時間中，我幾乎連呼吸也停止了，因為我完全無法預測到他們下一步的反應如何！

但是，那畢竟只是極短暫的時間，緊接着，所有的人，都爆出了一陣歡呼聲來，再接着，人人爭先恐後，來向我握手，有人將一塊紅布，纏在我的手臂上，有人帶頭叫道：「歡迎工人同志參加革命行列！」

我跑向火車頭，攀了上去，吩咐：「我需要兩個助手，還要大量的煤。」圍在我身邊的青年人轟然答應着，三個身形高大的青年人，先後跳了上來，我教他們打開爐門，爐旁有一點煤在，我先生了火，然後，檢查儀表。

不一會，許多青年人，推着手推車，將一車車的煤運了來。

反正車站中，根本沒人管，這一群青年人，已形成了一股統治力量，至少，在車站中，根本沒有什麼人，敢去招惹他們。

他們興奮地叫喊着，唱着歌，當火車頭開始在鐵軌上移動時，他們發出歡呼聲，我將火車頭駛向列車，掛好了鈎，那時，天已快亮了。

就那樣將列車駛出站去，稍有知識的人，都知道那是一件極其危險的事，因為沒有了正常的調度，根本不知道什麼時候會有另一列車，迎面駛來。

我的三個助手的一個，拉下了汽笛桿，汽笛長鳴，我拉下槓桿，加強壓力，車頭噴出白煙，列車已在鐵軌上，向前移動了！

列車一開始移動，更多年輕人擠進車廂之中。

車子駛出去了！

我漸漸加快速度，不斷有人爬到列車頭來，又爬回去，他們對我都很好，不但送水給我喝，而且還送來不少粗糙之極的乾糧。

我的心中仍然十分緊張，因為這樣子下去，會有什麼結果，是全然不能預料的，我也只好走一步看一步了。火車駛過了一排排的房屋，漸漸地駛出了市區，兩旁全是田野，在田野的小路上，豎着一塊一塊的木牌，寫着各種各樣的標語。

我的三個助手，倒十分勤懇，他們一有空，就向我演說理論，他們道：「我們要破舊立新，建立一個新的世界，新的規律！」

我對他們的話，並不感興趣，我問他們：「你們的目的地是什麼地方？」

一個青年道：「每一個城市都是我們的目的地，我們隨時可以停下來。」

我笑了一笑：「不但是大城市，就是小縣城，我想也應該停留。」

在小縣城停留，那是我的私心，因為我的目的地，正是一個小縣城，我要先到達那個縣城，才能到達那幅鯨吞地，才能完成我的任務。

火車一直在行駛着，似乎整條路線上，只有我們這一列火車，一小時後，車廂中忽然鼓噪了起來，許多人同時叫道：「停車！停車！」

我連忙拉下槓桿，火車頭噴出大量的白汽，慢慢停了下來。

車子還未完全停定，許多人從門中，窗中，跳了下來，我探頭向外看去，看到我們剛經過一個鎮市，在車站不遠處，是一座廟宇。

所有下車的人，全部向那座廟宇奔去，我問道：「你們想去幹什麼？」

一個青年一面跳下來，一面指着那廟：「這些舊東西，我們要砸爛它！」

我忙道：「所有的舊東西全要砸爛？」

那青年人已跳下去了，他沒有回答我的問題，另一個年輕人道：「全要砸爛！」

我想告訴他，在他們沒有出世之前很久，火車就已經存在了，照他們的說法，火車也應該是舊東西，可是還沒有說完，那青年也跳下去了。

也就在這時，我的心中，陡地一動！

他們要砸爛舊東西，這一千多個青年人，是一股不可抗禦的力量，自然，他們不會敵得過正式的軍隊，但是我還記得，我才上岸的時候，曾攔住一輛軍車，一個軍官告訴我，軍隊奉命，不得干涉人民的革命運動。

而如今，這一千多個年輕人，只要略受鼓動，他們就可以做出任何事情來！

我一想到這裏，心頭又不禁怦怦亂跳了起來，本來，我雖然進來了，但就算到達了目的地，如何去對付守着墓地的民兵，和那一連軍隊，我還是一點辦法都拿不出來的，但是現在，我有辦法了！

我可以利用這一群只有衝動，毫無頭腦的年輕人！

有他們替我做事，別說一連軍隊，就算有一師軍隊，也是敵不過他們的，何況軍隊根本已奉命不得干涉他們的一切行動！

我又將自己的計劃，想了好幾遍，這時，剛才奔下火車去的青年人，已陸續唱着歌，叫着口號回來了，我看到在那幢廟中，冒起了幾股濃煙來，等到所有的青年人，全都齊集在火車周圍的時候，有一個領袖模樣的人，正在大聲發表演説。

我只聽得他不斷地在重複着：「要砸爛一切舊東西，破四舊，立四新！」

我靜靜地聽着，直到他演説完畢，所有的人又湧進車廂，我才又吩咐我的助手生火，火車又開始向前，緩緩移動，就在火車開始前駛之際，那首領來到了火車頭中。

他是一個精力異常充沛，身形高大的年輕人，除了他時時皺起雙眉，作深刻的思索狀之外，他的樣子，是很討人喜歡的。

他來到了火車頭，便對我大聲道：「工人同志，我代表全體革命小將，向你致敬。」

我和他們相處的時間，雖然還很短，但是他們口中，翻來覆去的那幾句口頭禪，我卻已經可以上口了，我忙道：「革命不分先後，大家都有責任。」

那年輕人高興地和我握着手：「我叫萬世窮。」

我呆了一呆：「你的名字很古怪。」

那年輕人卻教訓了我一頓：「只有萬世窮，才能世世代代革命，這表示我革命的決心！」

如果不是我看出在如今的場合下，我不適宜大笑的話，我一定會大笑起來了。這一批人，似乎只是為了革命而革命，而絕不提革命的目的是什麼，他們只是無目的革命，或許革命就是他們的目的！

我忍住了沒有笑出來，萬世窮又向我長篇大論地說起教來，我並沒有不耐煩的表示，只是用心聽着，因為我需要了解他們的精神狀態。

萬世窮咬牙切齒地痛罵當權派，當他提到了李恩業那個三兒子的名字之際，我心中陡地一動，他道：「我們這次北上的主要原因，是要支持首都的小將，鬥垮、鬥倒他的爛攤子！」

我趁機道：「據我所知，你們要鬥倒的對象，他的家鄉，離此不遠。」

萬世窮道：「是的，我們要到他的家鄉去，向當地人民進行教育。」

我心中大是高興，忙又道：「聽說，這個人的封建思想很濃厚，他甚至於還派人守着他的祖墳，而他的祖墳，又和海外的一個大資本家陶啓泉是在附近的！」

萬世窮一聽到「陶啓泉」的名字，像是被黃蜂螫了一下地跳了起來，叫道：「他的罪名又多了一條了，和海外的大資本家勾結！」

我知道，我已不必再多說什麼了，我只是道：「我看，我們沿途不必再停了，直駛到他的家鄉去，那才是最主要的任務！」

萬世窮道：「對，我立即向他們下達這個任務！」

他匆匆忙忙離開了火車頭，這時，車已愈駛愈快了，不多久，我就聽得車廂中，響起了一陣陣的呼叫聲。

車子一直向前駛着，天漸漸亮了，我看到沿着鐵路兩旁，有不少年輕人，奔着，想要追上火車，跳上火車來，而在車上的人，則紛紛向他們伸出手來。

看到了那種情形，我不得不減慢了速度，而火車的速度一慢，跳上火車來的人更多了，真有點叫人難以相信，那麼多人，何以能擠在那十幾節車廂之中！

我聽到各地的口音，這些青年人看來並不團結，他們之間，不住地口角着，而且，還不時有人，被推下火車去，有的跌成了重傷。

處在這樣的環境中，我只好強迫自己，使自己變成一個木頭人，因為所有的人，都幾乎變得和螞蟻一樣的盲目，我又有什麼辦法？

我只是希望，當我們的火車在飛駛之際，迎面不要有火車撞了過來。

謝天謝地，我的希望，總算沒有落空，傍晚時分，我們來到了那個小縣城。

火車才一進站，停了下來，車廂中的青年，就一湧而下，原來的人，再加上沿途跳上火車來的人，我估計他們的人數，至少在兩千人之上，萬世窮依然是領袖，我看到他和車站的幾個人員，在展開激烈的爭辯。

但是那是一場沒有結果的爭辯，因為立時有許多青年人湧了過來，對那幾個車站人員，高聲嚷叫着，將那幾個車站人員，拉了開去。

接着，就有人在車站中張開了一幅巨大紅布，上面寫着「東方紅革命司令部」幾個大字。

他們的行動雖然亂，但是在混亂中，倒也有一種自然的秩序，在一小時之後，他們已列成了隊，有幾十個一下了車就離開車站的人，這時也弄了許多食物來，食物的種類，可以說是包羅萬有，只是可以吃的東西，全都弄來了，我分配到的，是一大塊鍋餅。

就在所有的人，都在車站中，鬧哄哄地吃着東西的時候，一輛卡車駛到，七八個看來像是很有地位的人，從車上跳了下來。

我仍然在火車頭上，我一眼就看到，曾經約我在夜總會中見面的孟先生，也在那七八個人之中，他已經換了裝束，和我以前見到他的時候，那種西裝革履的情形完全不同了。

一個穿着軍服的中年軍官，一下車就大聲問道：「你們由誰負責？」

萬世窮在人叢中擠着，走向前去：「我們行動，依照最高指示，我負責指揮。」

那中年軍官道：「快上車，離開這裏！」

萬世窮大聲叫道：「我們要在這裏展開革命行動，你敢阻撓革命？」

中年軍官大聲道：「我是本地駐軍的負責人，我有權維持秩序！」

萬世窮舉起了拳頭來，叫道：「我們要打爛一切舊秩序！」

所有的人，都跟着他高聲叫了起來，青年人開始向前湧來，將自卡車上跳下來的七八個人，圍在中間，那七八個人，有四個是衛兵，立時舉起了槍，可是在他們身邊的年輕人實在太多，那四個衛兵立時被繳了械。

孟先生可謂不識時務之極，在那樣的情形下，他居然還指着萬世窮，呼喝道：「你們想造反麼？」

這一句話，立時引起了四方八面的呼叫聲來，年輕人叫道：「就是要造反！造反有理！造當權派的反！」

孟先生的手還向前指着，可是從他一臉的茫然之色看來，顯然連他也不知是發生了什麼事。他臉上那種茫然的神情，使我聯想到了那個車站的站長。一群統治者，一群一直負責社會安定、秩序的人，忽然發現根本沒有人聽他們的話，一大群造反者在他們的面前，心頭的震驚，形成了那種茫然的神情。

那七八個人開始向後退去，可是他們根本無法退到他們的卡車上。因為卡車上已站滿了青年人，他們被迫向鐵路處退來，一路上推擁着，跌倒了好幾次，每次跌倒，總有人將他們按住，逼他們叫口號。

他們一直退到列車之旁，七八個人，已被擠散了好幾次，孟先生一個人，被擠到了火車頭旁邊，我唯恐被他發現，連忙轉過頭去。

可是，孟先生卻跳了上火車頭，在那時，我看到那中年軍官已被幾個人捉住了，有人用紙捲成了尖頂的帽子，戴在他的頭上，有人叫道：「拉他去遊行，作為反面教育的典型！」

我感到孟先生在向我擠來，我甚至可以感到，他的身子在發着抖。

突然，他捉住了我的手臂：「快開車，我要向上級去報告！」

我在他的聲音中，聽出他那種全然徬徨無依的心情來，孟先生的地位，可能很高，但是在如今這樣的情形下，他卻一點也無能為力，可能遭遇愈是慘！

我本來還怕他發現我，但是我立即察覺到，我現時所處的地位，比他有利得多，我根本不必怕他！

所以，我轉過頭來，笑着：「向上級報告？我看你的上級是更大的當權派，他們自身難保，自己也被人拉出來在戴紙帽子遊行！」

當我轉過頭來時，孟先生自然看到了我，那剎間，他神情之古怪、驚惶，真是令人畢生難忘！

他突然尖叫了起來，這時，有七八個青年人，也湧了上來，孟先生立時轉過身來，指着我，叫道：「捉住他！捉住他，他是反革命分子！」

那幾個青年卻只是冷冷地望着他，我道：「他指控我的罪名，是因為我不肯服從他的命令將列車駛走，他要破壞革命行動！」

孟先生張大了口，但是他沒有機會再說別的，幾個青年人已一齊出手，將他拖了下去，我望着他微笑，看着他被拖下去後，也被戴上了紙帽子。

接着，其餘的幾個人，也被捉住了，他們被青年人用繩綁在一起，吊成了一串，押了出去，我聽到驚天動地的呼叫聲，上千青年人，押着他們，走出了車站，去遊街示眾了。

在那時候，我實在忍不住了，我獨自一人，在火車頭中，大笑了一場。孟先生以為他一回來，就是權力的掌握者，誰知道他竟成了鬥爭的對象！

我也想不到，我會處在一個如斯混亂的環境之中，但是這樣的混亂，顯然是對我有利的。

我笑了好一會，才下了火車頭，我決定到城中去走走，那是一個很小的縣城，在這樣的一個小縣城中，忽然多了上千的年輕人，以致大街小巷中，全是外來的人，有一部分年輕人，很顯然是本地的，也和外來的混在一起，在縣城中有不少店舖，招牌全被年輕人拆了下來，而改用紅漆，胡亂塗上新的店名。

我穿過了幾條小巷，來到了大街上，我看到許多人塞在前面的街口，在大聲喧嚷，接着，我又看到一大群人向後退來，在後面的人，要向前湧去，我看到許多士兵，結成了一排，手拉着手，在和青年人對抗。

第六部

趁亂完成任務

那幾個被戴上紙帽子遊街的人，連孟先生內，已到了軍隊的後面，他們正在將頭上的紙帽子拋下來，面色青白，說不出的憤怒。

青年人和軍隊對峙着，發出驚天動地的吼聲，不住叫道：「打倒當權派！」

軍隊漸漸支持不住了，孟先生等幾個人，則已上了車，等到他們的車子開動之際，青年人一起擁了過去，軍隊也散了開來。

但是擁上去的青年人，終於追不上車子，車子載着那幾個人駛走了。

我看到這樣的情形，心中暗暗好笑，這時，所有的人，就像是突然之間，被人揭開了一塊大石板之後，在石板下的螞蟻一樣，亂奔亂竄，亂叫着，我就在人叢中擠來擠去。

我看到許多精緻的家俬，被青年人自屋中拋出來推在街上，也看到零零星星，東一堆、西一堆，有人被圍住了在戴紙帽子。

接着，一輛卡車駛來，卡車上有擴音器，擴音器中傳來萬世窮的聲音，他在叫嚷着：「同志們，革命的群眾們，讓我們一起行動，不怕犧牲，排除萬難！」

擴音器的聲音，震耳欲聾，我退出了大街，來到了一條比較冷僻的巷子中，才算是聽不到叫嚷聲了，我鬆了一口氣，我猜想這群年輕人在縣城之中，至少要鬧上一個晚上，不到第二天是不能走的。

我一面在想着，一面在低頭走着，突然之間，一輛中型卡車，轉進巷了，自車上跳下七八個人來，我抬起頭來，等到我看清，在那七八個人中，有一個是孟先生，並且他已和我打了一個照面之際，我再想逃走，已經來不及了。

孟先生指着我，我相信這是他一生之所能發出的最大的聲音了，他怒吼着：「抓住他！」他一面叫，一面向前奔來，和他一起向前奔來的，是其餘的六七個人。

我轉身便走，但是只逃出兩三步，身後已經響起了槍聲，我只好停了下來。

兩個軍官立時來到了我的身後，扭住我的手臂，我在那時，腦中嗡嗡作響，因為我落到了他們的手中，可以說從此完結了！

我本能地掙扎着，也許是我的好運氣，更可能是槍聲的緣故，有幾個青年人，奔進巷子來，我立時大叫道：「快來救我，我是幫你們北上串聯的司機，當權派要破壞你們的革命，他們非法逮捕我！」

我僅僅只能叫出了那幾句話來，口就被人掩住了，接着，我就被人拖得向後去。

那幾個年輕人聽到了我的叫嚷聲，一起奔過來，孟先生一迎了上去：「這是反革命分子，潛進來的特務，希望你們別誤會。」

我還在希望那個青年人會大打出手，但是他們的臉上，卻現出猶豫的神色，只是望着我。

而就在那一個耽擱間，我已被拖上了車子，孟先生等人，也退上了車子，車子駛進了一個院子，我又被從車上拖下來，被人拖着，關進了一間房子。

到了房子之中，我並沒有得到自由，我的雙手被一副手銬反銬着。

要弄開那樣的手銬，其實並不是什麼難事，但是我卻並沒有機會。

我被銬了手銬之後，雙臂仍然被兩個人抓着，那兩個人推着我，到了另一間房間中，那間房間中，有幾張辦公桌，我看到孟先生和另外兩個人，坐在辦公桌後，我一進去，那兩個官員就開始翻閱他們面前的孟先生的文件夾，我猜想他們是在看我的資料。

孟先生的臉上，現出十分陰冷的笑容，他望着我，雖然不說話，然而在他的臉上，也流露着一種「看你怎麼辦」的神氣。

過了難堪的一分鐘，其中一個官員才抬起項來：「衛斯理，這是你的名字，你居然還敢混進來進行破壞！」

我吸了一口氣，這可能算是審訊，如果是在別的地方，我自然可以拒絕回答，或者，通知我的律師。可是，在這裏，我無能為力。

我苦笑了一下，孟先生已道：「副局長，這個人，要解上省去，聽候處理。」

我突然道：「你們不能帶走我，那兩千多個革命青年，他們需要我！」

孟先生奸笑着：「我們會替他們找到更好的火車司機，至於你，我看北大荒是你最好的歸宿！」

我苦笑了一下：「你總算達到目的了！」

我被關進了一間小房間，可是不多久，外面傳來了上千人的吼叫聲，一大群青年衝了進來，救出了我。帶頭的正是萬世窮。

當晚，在縣城中一直亂到了半夜，一大批人，才浩浩蕩蕩向山間進發。這許多人，像是絕不知道什麼叫作疲倦，他們大聲唱着，叫着，很多人的嗓子，根本已經是嘶啞了。

我夾在他們中間，當進入山區之後，我們經過了兩個崗哨，那可能全是民兵的崗哨站，但是，正像非洲的兵蟻群經過時，所有的動物逃個清光一樣，那兩個崗哨上，早已一個人也沒有了。

我們一直向前走着，翻過了幾個山頭，直到天色大明，我才看到了那幅「鯨吞地」，同時，也看到了那一幅「血地」。

那真是兩個很奇異的地方，在兩幅地附近都有士兵守衛着，青年人漫山遍野地奔了過去，叫嚷着革命的口號，他們之中十幾個人，圍住一個軍官，在交涉着，可是其餘的人，根本不等交涉有什麼結果，就行動起來。

泥土翻了起來，骨殖破土掘出來，在那幅血地上掘挖的年輕人，將一副還很完整的棺木，弄得碎成片片，然後，在山頭上塗下巨大的標語。

軍隊只是袖手旁觀，他們無法在理論上説服那些青年人。

看到上千個青年人破壞了那兩個墳墓，在混亂中，我先他們一步下了山。

我回到了縣城中，並沒有停留，在一幢建築物的門外，我偷了一輛腳踏車，那輛腳踏車，在以後的幾天中，成了我唯一的交通工具。

在那樣的混亂中，要離開並不是一件很困難的事，我最後在一個漁港，上了一艘漁船，又經過了兩天海上生涯，我回來了。

我回來的經過，是不必多加叙述，因為那和整個故事，並沒有直接的關係。當我來到了家門前，按着門鈴時，來開門的老蔡，幾乎不認識我了！

雖然我離開了不過十天，但是這十天，我就像是生活在另一個星球中一樣。那是一種截然不同的生活！

我回到家中的第一件事，便是舒舒服服地洗了一個澡。

而等我洗完澡，正在休息的時候，老蔡來到了我的身邊：「陶先生的車子在下面等，他請你去。」

我呆了一呆：「他怎知我回來了？」

老蔡道：「這位陶先生，每天都打幾個電話來問你回來了沒有，剛才他又打電話來，你正在洗澡，我告訴他，你回來了！」

我也正想去見陶啓泉，是以我立時站了起來，下了樓，一輛極名貴的大房車，已停在門口，司機替我打開了車門，我上了車。

二十分鐘之後，車子駛進了陶啓泉別墅的大花園。

我看到陶啓泉自石階上奔下來，車子停定，他也奔到了車邊，替我打開了車門。只怕能有陶啓泉替他開過車門的，世上只有我一個人而已。

陶啓泉容光煥發，滿面笑容，精神好到了極點，和他以前的那種沮喪、焦急，宛若是另一個人。

我才從車中走出來，他雙手一齊握住了我的手，用力搖着：「你回來，真太好了，你好幾天沒有休息，我真怕你回不來了。」

我訝異地道：「你知道我已完成了任務？」

陶啓泉將手放在我的眉頭：「自然知道，這件事，由內地傳出來，外國通訊社發了電訊。」

我笑道：「不見得電訊上有我的名字吧？」

陶啓泉笑着：「雖然沒有，但是我知道一定是你幹的，你真聰明，利用他們內部的混亂，達到了目的，我早知道你行的。」

我笑了起來，陶啓泉和我，已經走進了大廳，看着他那種高興的神情，我知道在這時候，就算我諷刺他幾句，他也不會惱怒的了。

是以我道：「風水的問題已經解決了，你那個偌大的油田，應該沒有事了？」

陶啓泉搓着手，興奮地道：「你倒還記得那個油田，那油田的火已自動熄了，告訴你，幸而是這場大火，原來那油田已沒有多少油了，本來我還準備大事投資的，不是那場火，投資下去，就損失大了，現在，我們已在油田的附近，發現了新的蘊藏，這都是你的功勞！」

我呆了一呆，我是一心想諷刺他的，卻料不到我得到了那樣的回答。

我又道：「那麼，政變的那個國家呢？」

陶啓泉發出了更宏亮的笑聲：「你說奇妙不奇妙？本來，新上台的那傢伙，是我的對頭，一上台就揚言要沒收我全部的財產，但就在你成功的消息傳出之後，我知道風水轉了，派人去和他接觸，現在，他不但不和我作對，反給我以更大的便利！」

這時候，我和陶啓泉已經進了電梯，我沉默着不說話，直到來到了他的書房之中，我才道：「陶先生，我有幾句話，實在非說不可！」

陶啓泉道：「說，只管說！」

我道：「陶先生，所謂風水，其實是完全不可信的，希望你以後，別再相信那一套！」

陶啓泉睜大了眼睛：「你怎麼會那樣說，事實已經完全證明了風水的靈驗，如果不是你完成了我的委託，我的事業，將一天一天倒下去，但是現在，什麼困難都過去了！」

我正色道：「陶先生，影響你事業的，是你個人的心理，當你的心理受影響的時候，事業自然就不順利。由於你篤信風水，所以風水就影響你的心理！」

陶啓泉大搖其頭：「不對，絕對不是，真是風水的緣故。」

我卻不理會他的抗議，自顧自道：「你想想看，你是那麼龐大事業的靈魂，如果你失去了信心，你的事業，自然要開始衰敗的。我的行動，不過是給予你一種信心而已！」

陶啓泉笑道：「信心可以使油田的大火，自動地熄滅麼？」

我道：「你已經說過，那油田的蘊藏量極少，油燒光，自然火也熄滅了！」

陶啓泉道：「那麼，我那個對頭呢？」

我笑了起來：「那件事，更證明和你的信心有關，當你沒有信心的時候，你決不會派人去和他接觸的，自然也不會成功。」

陶啓泉道：「不是，如果不是風水轉了，我派人去接頭，也不會有用。」

我看到陶啓泉如此固執，心中也不禁好笑，我知道再說下去，也不會有什麼用的了，所以我聳了聳肩：「算了，既然你如此深信風水，我也不多說了！」

陶啓泉望了我一會，才道：「你以為風水和科學是違背的，是不是？但是科學精神，是重事實的精神，現在，我們有的是事實，所差的是，不知道為什麼會發生那樣的事實而已。我們不能簡單地否定一件我們不知道為什麼會發生的事，簡單地否定，那是不科學的。」

本來，我已經不準備再講下去了，但是如此迷信風水的陶啓泉，居然提起科學，看來我也非繼續講下去，講個明白不可了！我道：「你說得對，只是否定一件我們不知究竟的事，這種態度，並不是科學的態度。我現在絕不是否定，而是肯定。」

陶啓泉驚訝地望着我：「你肯定什麼？」

我站了起來，揮着手：「在經過了這件事之後，我已經肯定了風水的存在。」

陶啓泉的神情更訝異了。

他望着我：「可是——可是你剛才還在說，風水是無稽的！」

我搖着頭：「不，你誤解我的意思了，風水，對於根本不相信的人來說，是全然無稽的，但是對於深信風水之說的人，像你，卻又大有道理，它能影響你的意志，決定你的一生。」

陶啓泉的神情，還是很疑惑，看來，他還是不十分明白我的意思。

我又道：「道理很簡單，就是我剛才說過的信心，自我的信心，寄託在一種信仰上，你以為風水有道理，信心就充足起來，你本來是一個十分有才能的人，一旦有了信心，自然無往不利，但是對於一個根本不信風水的人而言，信心不來自風水，來自別的方面，那麼，就根本無所謂風水了！」

在我開始說那一大段話的時候，楊董事長走了進來。

我和陶啓泉都看到楊董事長走了進來，但我不想截斷話頭。

陶啓泉又在用心地聽着，是以我們兩人都沒有向楊董事長招呼。

楊董事長和陶啓泉是十分熟稔的了，是以他也沒有打斷我的話頭，只是聽我說着。

等到我的話說完，陶啓泉皺着眉，像是還在考慮我的話，並沒有立時出聲。

而楊董事長卻已然道：「衛先生，你的話，只能解釋風水許多現象中的一種，那就是當一個人知道風水是好是壞之際，才能發生意志上積極或消沉的變化，對不對？」

我點頭道：「對！」

楊董事道：「可是，在更多的情形下，一個人根本不知道風水有了什麼變化，在他的身上，命運也發生奇特的變化，這又怎麼解釋呢？」

我笑了起來：「什麼地方有那樣的情形？」

楊董事長道：「有，有的人根本不知道他祖墳的風水有什麼特點，可是他的一生，就依照風水顯示的在發生着變化。」

我不禁嘆了一口氣：「楊先生，任何人的一生命運，總是在不斷發生變化的。」

楊董事長道：「對，那種變化，是有規律的，是可以預知的，是可以改變的，譬如說陶先生，就因為改變了風水，而改變了他的命運！」

他講到這裏，頓了一頓：「你自然還記得李家的第三個兒子？」

我道：「當然記得，他的祖墳，也被掘了出來，他近來怎麼了？」

楊董事長道：「他的祖父，葬在那幅血地之後，他就開始發迹，直到橫傾朝野，紅極一時，可是，現在他卻被鬥爭了，他完全失勢了，他自殺不遂，他的一切，又全都完了。」

我皺着眉：「是真的？」

「當然是真的，有他被鬥爭的相片，而這一切，全是發生在他的祖墳被掘之後的事。」

陶啓泉大聲道：「怎麼，你相信了麼？」

我相信了麼？我實在想大笑特笑！

風水甚至影響了政治鬥爭，對於篤信者來說，風水幾乎是無所不能的了！

但是我卻沒有笑出來，也沒有再辯論下去。

因為他們兩個人——楊董事長和陶啓泉，有那麼多巧合的事實。這自然是巧合，李家的三兒子，不論怎樣，總是會失勢的，但是篤信風水的人，就說那是因為風水被破壞了！

你相信它，它便存在，這本就是心理學上的名句！

（全文完）

衛斯理小說典藏版　68

叢林之神

作　　者：　衛斯理（倪匡）
責任編輯：　黎倩雲　　陳桂芬
封面設計：　李錦興
出　　版：　明窗出版社
發　　行：　明報出版社有限公司
　　　　　　香港柴灣嘉業街18號
　　　　　　明報工業中心A座15樓
電　　話：　2595 3215
傳　　眞：　2898 2646
網　　址：　https://books.mingpao.com/
電子郵箱：　mpp@mingpao.com
版　　次：　二〇二二年八月初版
I S B N：　978-988-8828-13-5
承　　印：　美雅印刷製本有限公司